Faire la paix avec nos écrans

Des mêmes auteurs

Séquences émotions. La France du ressenti, Sophie de Closets, Magali Della Sudda, Gilles Finchelstein, François Saltiel, Virginie Sassoon, L'Aube, 2025

La Société du sans contact, François Saltiel, Flammarion, 2020

Le vendeur de thé qui changea le monde avec un hashtag, François Saltiel, Flammarion, 2018

Dans la tête de Juliette. Plongée dans le tourbillon numérique, (direction éditoriale) Virginie Sassoon, Clémi - Réseau Canopé, 2020

Le Guide de la Famille Tout-Écran, (direction éditoriale) Virginie Sassoon, Clémi - Réseau Canopé, 2019

Femmes noires sur papier glacé, Virginie Sassoon, INA éditions, 2015

François Saltiel
Virginie Sassoon

Faire la paix avec nos écrans

Flammarion

ISBN : 978-2-0804-7684-5

À Maïa, Solal et Noé, que vos mains ne se lâchent jamais, même quand tout vacille.
N'oubliez pas de lever les yeux pour regarder le monde et l'aimer assez pour vouloir le changer.

Introduction

Faire la paix est sans doute le plus difficile des combats, il exige de l'introspection, du discernement et de la ténacité ; un défi d'autant plus ambitieux quand la guerre est déclarée. Les écrans cristallisent les passions : diabolisés par certains, idéalisés par d'autres, mais utilisés par tout le monde. Nous avons pris le parti d'emprunter des chemins de traverse entre les promesses miracles et les discours apocalyptiques pour interroger nos usages sans manichéisme.

Lorsque nous évoquons la paix avec les écrans, objets protéiformes que nous définirons, de quoi parlons-nous vraiment ? Ce n'est pas un déni des dangers, mais une quête de lucidité. Nous avançons dans ce monde connecté comme on marche sur un fil, toujours sur le point de perdre l'équilibre. Nous sommes aussi des parents traversés par des doutes et des contradictions. La critique des dérives des plateformes coexiste avec la conscience de nos propres dépendances et vulnérabilités.

C'est à partir de cette tension que nous avons décidé d'écrire ce livre. Refusant la culpabilisation stérile et le repli défaitiste, nous pensons que la seule voie désirable passe par la compréhension des outils, des usages et des récits. Non pas pour se séparer des écrans, mais pour apprendre à vivre avec eux autrement.

Le « nous » qui traverse ces pages laissera parfois la place à un « je », pour raconter une expérience singulière.

D'abord Virginie. Docteure en sciences de l'information et de la communication, j'ai enseigné, fondé une association et je suis actuellement directrice adjointe du Centre pour l'éducation aux médias et à l'information (Clémi). Un pied dans la recherche, l'autre dans l'action, je relie les mondes scolaire, médiatique et associatif. J'ai mis en œuvre des actions et des ressources destinées à accompagner les familles vers un usage plus apaisé du numérique. Elles sont rassemblées dans un univers intitulé *La Famille Tout-Écran*, qui mêle conseils d'experts, ressources pratiques et met en scène le quotidien d'une famille connectée – et un peu dépassée – par la « gestion » des écrans. Toute ressemblance avec des personnages existants serait purement fortuite ! Je suis, paraît-il, responsable de la disparition régulière des chargeurs d'iPhone à la maison.

Puis François. Journaliste, producteur, chroniqueur – à la radio (France Culture), à la télévision

(Arte, France 5) –, je m'attache à décrypter la manière dont le numérique bouleverse nos sociétés ; ce qu'il promet, ce qu'il fragilise et ce qu'il reconfigure en silence. J'ai enseigné le journalisme audiovisuel pendant quinze ans à la Sorbonne nouvelle, car transmettre est une autre façon d'apprendre. J'anime aussi régulièrement des ateliers d'éducation aux médias auprès d'enfants et d'adolescents. J'ai écrit plusieurs ouvrages, dont *Le vendeur de thé qui changea le monde avec un hashtag* et *La Société du sans contact.* Je navigue sur une ligne de crête entre scepticisme et enthousiasme à l'égard des nouvelles technologies... Et je cherche bien trop souvent mon chargeur de téléphone.

Dans notre embarcation familiale, ils sont trois à naviguer à nos côtés. Une adolescente de 17 ans, dont une partie de la vie se joue – et parfois se fragmente – sur les réseaux sociaux. Un grand garçon de 9 ans, fasciné par l'univers foisonnant des jeux vidéo. Et le petit dernier, 6 ans, qui s'accroche à la toile comme à un fil magique qui le relie à ses dessins animés préférés. Avec eux, de nouvelles questions surgissent chaque jour. Rien n'est acquis : nous tentons de réguler leurs usages et de les accompagner au mieux sans ménager nos efforts de négociation.

Pendant dix ans, nous avons eu un autre enfant – symbolique et collectif – que nous avons fait grandir : le Txiki, « petit » en basque. Un festival de cinéma et d'éducation aux images que nous avons créé à Biarritz, au bord de l'océan. Chaque édition, un millier d'enfants, guidés par une cinquantaine de bénévoles, participaient à une semaine d'ateliers et de projections : tourner un court-métrage, fabriquer un journal, coder, prendre la parole en public devant un micro. Une façon joyeuse et exigeante de faire passer les enfants du statut de spectateur à celui d'acteur et de créateur.

Cette expérience nous a confirmé une intuition devenue certitude : l'éveil de l'esprit critique doit commencer très tôt. Il se construit dans la rencontre et dans l'action. Aujourd'hui, plus que jamais, nous ressentons le besoin d'analyser comment le numérique transforme nos intimités et notre rapport au monde. Ce besoin de comprendre, nous voulons le partager à travers ce livre pour penser et agir ensemble.

Acte de naissance de la société amphinétique

Être immergé dans un monde connecté n'est pas une exception ou un choix : c'est devenu notre nouvelle condition humaine. Notre société est devenue *amphinétique*. Ce néologisme que nous vous proposons et qui nous accompagnera tout au long de ces pages permet de décrire notre réalité depuis l'irruption massive du numérique, et plus encore depuis la généralisation du smartphone, une révolution sans précédent par sa rapidité et son ampleur d'adoption.

« Amphinétique » associe le préfixe « amphi » qui signifie « des deux côtés », et « nétique » pour évoquer la connectivité. Nous vivons dans cette dynamique d'interconnexion entre le monde tangible du corps, des objets, des présences physiques, et celui omniprésent du numérique fait d'écrans et de flux de données. Il y a un continuum d'expériences, un seul tissu de sensations, d'actions, de liens, désormais indissociables. La connexion permanente transforme notre quotidien, notre rapport au corps, à l'espace, au temps, à l'autre et notre compréhension du monde.

Pour nous, Internet peut être comparé à l'océan, cette métaphore nous semble pertinente à bien des égards.

Remontons à la fin du XXe siècle, un modem qui grésille, une tonalité aiguë, et le frisson d'être soudain relié à quelque chose d'infini : l'Internet. L'expression « surfer sur Internet » a été inventée en 1992 par Jean Armour Polly, une bibliothécaire américaine qui décrit à merveille cette expérience : glisser d'une vague d'information à l'autre, de clic en clic, d'un site à l'autre, grâce à la magie des liens hypertextes. L'image est puissante, et l'expression fera rapidement le tour du monde. Depuis, l'eau a coulé sous les ponts et notre manière de « surfer » a bien changé : elle ne se limite plus à l'usage statique de l'ordinateur personnel, mais ressemble désormais à une traversée mouvementée et arrimée à notre smartphone.

Sur ce petit rectangle de verre, nous sommes facilement emportés par les rouleaux incessants des notifications. Le surf a cédé la place au *scroll* (à ne pas confondre avec le *crawl*), ce geste mécanique du pouce qui fait défiler les contenus numériques. Peu à peu, nous sommes devenus captifs, isolés dans nos couloirs de nage algorithmique. Notre pouce parcourt en moyenne 145 kilomètres par an à scroller, l'équivalent de trois marathons [1].

Nous oscillons sans cesse entre physique et virtuel, sans jamais vraiment nous ancrer. Nous échangeons un regard tout en composant un mail, nous discutons tout en likant des photos. Nos pensées sont constamment interrompues par des notifications. Une conversation en face à face sans interférence de la technologie exige dorénavant effort et discipline. Même retourné sur la table, le smartphone reste dans un coin de notre tête. Pris entre ces deux univers, les frontières se brouillent à mesure que l'immédiateté s'impose comme norme, et nous semblons condamnés à être constamment disponibles. Tel est le lot de nos vies connectées où notre présence à l'autre est altérée par une multitude de plongées numériques.

1. https://crocecran.bayard-jeunesse.com/

Nous pouvons comparer la conquête d'Internet aux grandes explorations géographiques des XVe et XVIe siècles, lorsqu'un « Nouveau Monde » s'ouvre alors aux grandes puissances européennes. De même que les navigateurs de jadis traçaient des routes maritimes pour en revendiquer le contrôle et partir à la conquête du monde, les pionniers américains de la Silicon Valley se sont emparés d'Internet tel un territoire vierge à cartographier et conquérir.

Les grandes entreprises technologiques et leurs produits se sont souvent parés de noms convoquant un imaginaire d'exploration et de conquête. Le navigateur d'Apple Safari emprunte ainsi directement au vocabulaire colonial européen avec ses connotations d'aventure en « terre sauvage ». Avec Internet Explorer, Microsoft place les utilisateurs dans la position d'aventuriers plantant leurs drapeaux sur des îles dont ils se déclarent propriétaires. De son côté, Jeff Bezos a choisi le nom Amazon en référence au fleuve d'Amérique du Sud, le plus long mais aussi le plus puissant du monde, symbolisant l'ambition d'une gigantesque entreprise capable de tout transporter tel un fleuve reliant de vastes territoires. La liste des entreprises du numérique dont le nom s'inspire du champ lexical maritime est longue. Nous pouvons par exemple citer le site de commerce Ebay qui sollicite l'imaginaire de la baie ou l'application Periscope qui permettait de diffuser un flux vidéo en direct.

Ces eaux numériques ont été préemptées par les Gafam (Google, Amazon, Facebook, Apple, Microsoft), agissant tels des chalutiers cherchant à attraper nos données à travers leurs grands filets. Ils brassent large, imposent leur rythme et orientent parfois nos itinéraires. Ils sont si puissants que nous les confondons parfois avec l'océan, et nous pourrions les comparer au Léviathan, ce monstre souverain du monde aquatique.

Ce qui devait être une mer ouverte à toutes et tous s'est peu à peu transformé en nouveau champ de batailles économiques, politiques et culturelles. Chaque clic, chaque recherche, chaque interaction alimente des systèmes conçus pour capter notre attention, fragmenter notre concentration et modeler nos comportements. Google ne se contente plus de prendre la mer, il se charge aussi de dessiner nos cartes. De la même manière que les cartes européennes divisaient les terres colonisées en propriétés impériales, ces cartes numériques centralisent l'information sous le contrôle de quelques acteurs. Dans un geste d'allégeance, Google Maps a récemment rebaptisé le golfe du Mexique en golfe d'Amérique pour exaucer le souhait du président Donald Trump ; une décision symbolique destinée à invisibiliser un pays voisin, et une manière de coloniser un mot et son imaginaire.

Dans cette traversée aquanumérique, comment ne pas avoir d'estime pour les pirates ? Pas ceux qui extorquent nos données via la technique de l'hameçonnage, mais ceux qui refusent l'ordre établi et cherchent des chemins de traverse, ceux qui tentent d'ouvrir le capot des machines pour atténuer leur domination. Ils œuvrent à faire fuiter des informations dans un désir croisé de transparence et d'accessibilité. Le caractère liquide des données les rend accessibles, duplicables et modifiables. Le simple « copier-coller » en est une illustration : en quelques secondes, nous faisons circuler l'information d'un support à l'autre, les données se transmettent et traversent les outils et les frontières en toute fluidité.

Nous croyons plus que jamais en la force du modèle de l'open source, à savoir une collaboration ouverte afin que les logiciels puissent être analysés, utilisés, et modifiés librement. Et nous pensons à Aaron Swartz, ce jeune prodige américain de l'informatique qui a donné sa vie pour défendre l'accessibilité aux ressources scientifiques. Après avoir contribué au développement de la licence « Creative Commons » garantissant un accès libre de droits aux contenus, il est accusé en 2011 d'avoir téléchargé des millions d'articles scientifiques depuis la bibliothèque numérique payante « JSTOR ». Un acte guidé par ses convictions et son engagement à faire d'Internet un océan où les données circulent librement. À quelques semaines de son procès pour lequel il encourait une peine de prison de trente-cinq ans, une sentence qui témoigne de l'acharnement de la justice américaine, il se suicide à l'âge de 27 ans [1]. Son héritage est majeur et de nombreux partisans des logiciels libres continuent à se battre sous son étendard.

Les fonds marins, où 98 % des échanges numériques intercontinentaux transitent à travers des câbles, représentent un territoire de conquête. Les États, poussés par des entreprises internationales, se battent pour en exploiter les minerais et autres ressources indispensables à l'industrie du numérique. L'idéologie libertarienne, incarnée par certains patrons des sociétés du numérique, souffle dans les voiles de la Maison Blanche avec pour dessein de construire des îles flottantes dans les eaux internationales, des territoires échappant à l'autorité des États pour imposer un autre modèle de société en rupture avec nos valeurs démocratiques.

Le sociologue Marc Bernardot a lui aussi effectué une « Plongée dans les métaphores et représentations liquides de la société numérique » et il explique que ces termes sont issus des bidouilleurs des premiers ordinateurs qui « partagent l'imaginaire et le mode de vie *New Age*, *Beach and Surf* de la Californie des années 60 [2]. » Pour Bernardot, les métaphores

1. À voir, le documentaire de Flore Vasseur, *Ce qu'il reste de nos rêves*, 2019, sur la vie d'Aaron Swartz.

2. Marc Bernardot, « Plongée dans les métaphores et représentations liquides de la société numérique », *Netcom*, n° 32-1/2, 2018, p. 29-60.

maritimes illustrent notre rapport ambivalent à la technologie : « Elles permettent ainsi à chacun d'exprimer et de mixer toute la gamme des sentiments et des raisonnements vis-à-vis du numérique, entre la fascination et l'effroi, la chance et la menace, la pureté et la souillure. Elles sont l'occasion de la résurgence de couples d'opposition aquatiques anciennes, telles entre la surface et la profondeur, l'écoulement et la stagnation, le calme plat et les remous, la sécheresse et la crue. »

Ces frictions provoquent chez nous tiraillements et tourments, mais nous aspirons à vivre dans la fluidité de ces deux espaces, tels des amphibiens du XXIe siècle.

L'idéal amphibien

La métaphore de l'amphibien symbolise, pour nous, un idéal à atteindre : celui d'êtres vivants capables d'évoluer d'un univers à l'autre sans se noyer. Mais nous sommes actuellement encore loin de ses capacités d'adaptation. Nous subissons la fatigue informationnelle, une tension permanente entre nos contradictions et nos excès, une difficulté à habiter harmonieusement les espaces numérique et physique.

Les amphibiens, ces animaux de l'entre-deux, à la fois terrestres et aquatiques, illustrent parfaitement la coexistence de deux mondes en friction que tout semble opposer. Si on les observe de plus près, on leur trouve une étrange résonance avec notre condition humaine en mutation. La peau des amphibiens est leur principal organe respiratoire, leur lien au monde ; de la même manière que nos smartphones sont devenus des extensions de nous-mêmes en captant et transmettant en permanence les informations. À force de vivre les yeux rivés sur cette surface lisse, nous devenons nous aussi poreux. Chaque signal, chaque vibration nous traverse et modifie notre ressenti.

Les amphibiens sont des êtres fragiles, leur peau doit rester humide pour vivre, ils sont sensibles à la pollution, aux changements de température et à la moindre perturbation de leur écosystème. Nous sommes nous aussi vulnérables, car notre connexion permanente nous expose aux algorithmes polarisants, aux *fake news* ou à la pression des likes. Les contenus se disséminent tel un liquide dans les réseaux numériques, et ce sont nos interactions humaines qui les font circuler.

Nous avons besoin de ce flux constant qui irrigue nos échanges, nous épate, nous épuise et parfois nous empoisonne. Selon le baromètre du *Numérique*, 80 % des Français estiment qu'une connexion à Internet est essentielle pour s'intégrer dans la société. Ce pourcentage reflète une tendance générale où la compétence numérique devient un facteur-clé de l'inclusion sociale.

Notre vie quotidienne est un tango incessant entre ces deux réalités, où intimité, travail et relations humaines s'entrelacent. Il n'est plus possible de distinguer la « vraie vie » de l'espace physique de la « vie virtuelle » en ligne. Les deux forment une seule et même réalité, un continuum où l'individu est traversé par ces univers.

Si l'on ne sait pas nager, on souffre de « fracture numérique » et l'on reste sur la rive de la société connectée. L'illectronisme, cet analphabétisme numérique, exclut environ un tiers des individus d'un système où tout passe par le digital, de l'emploi aux tâches administratives en passant par nos relations sociales et notre accès à l'information. Pensez à toutes ces personnes confrontées aux démarches en ligne, cherchant désespérément un humain pour remplir un formulaire, prendre un rendez-vous ou résilier un abonnement. À l'inverse, nombreux sont ceux qui restent trop longtemps en apnée, passant d'un réseau social à l'autre, se nourrissant des seules interactions en ligne, exposés au risque de noyade.

Nous promenons nos enfants, un podcast dans les oreilles tout en répondant à un mail, tandis qu'eux, au lieu d'observer le monde, tendent leurs mains pour réclamer le téléphone, concurrent à abattre pour retrouver notre attention. Ces écrans omniprésents nous plongent dans un « seuls ensemble » tel que défini par la psychologue américaine Sherry Turkle.

Ils peuvent faire de nous les victimes d'une économie de la flemme. À quoi bon nous déplacer quand nous pouvons tout nous faire livrer en un clic ? À quoi bon apprendre à se repérer quand notre GPS nous guide ? À quoi bon engager une conversation quand les applications nous mettent instantanément en relation ?

Notre défi à l'ère amphinétique est de savoir résister au chant des sirènes des plateformes, pour profiter de la promesse originelle d'Internet : pouvoir être informé de ce qu'il se passe à l'autre bout de la planète, créer des communautés, partager nos passions, s'exprimer en dehors de tout déterminisme social. En somme, plonger dans un océan de ressources et de connaissances à portée de main.

« Le développement de la technique n'est ni bon, ni mauvais, ni neutre – il est fait d'un mélange complexe d'éléments positifs et négatifs – "bons" et "mauvais" si on veut adopter un vocabulaire moral », nous dit le philosophe Jacques Ellul [1]. Dans ce sillage, nous vous proposons d'explorer notre relation ambivalente aux écrans.

---

1. Jacques Ellul, *La Technique ou l'enjeu du siècle*, Éditions Economica, 2008.

La traversée

Nous commencerons cette traversée en milieu amphinétique par une plongée dans l'histoire des écrans, pour rappeler qu'ils ne sont pas un bloc homogène mais une constellation d'objets. Nous mettrons en lumière la diversité de leurs usages avant d'examiner certains de leurs mythes fondateurs, souvent invisibles parce qu'intériorisés, pour mieux déconstruire les croyances entretenues par leurs industries.

Nous explorerons ensuite la manière dont les outils numériques façonnent notre rapport aux autres et à nous-mêmes, menaçant une île convoitée : notre attention. Nous verrons comment leur omniprésence affecte notre santé physique et mentale, notre développement cognitif, nos émotions, notre capacité à être présent au monde et en lien avec les autres. Nos corps en mouvement sont les grands sacrifiés d'une économie numérique qui nous fige dans la sédentarité. Nous explorons ensemble des pistes pour faire de l'espace public une terre d'accueil.

Nous sommes la première génération à relever le défi d'une parentalité « numérique », qui nous confronte à des dilemmes constants entre protection et autonomie, culpabilité et dépendance. Dans un monde saturé d'injonctions contradictoires, nous cherchons des repères. Ce chapitre propose une approche pour apprivoiser cette complexité ; une invitation à faire de ce nouvel espace non pas un champ de bataille, mais un terrain de dialogue où s'invente une parentalité numérique « suffisamment bonne ».

Ce défi ne concerne pas que les parents. Face au tsunami de l'intelligence artificielle et à la prolifération des manipulations de l'information, nous partageons une conviction : l'éducation à la citoyenneté numérique doit devenir un pilier de l'École et une réponse collective face à l'urgence démocratique.

À chaque étape de cette réflexion, nous tenterons de « garder le cap de bonne espérance » en proposant des pistes concrètes, où le savoir redonne à chacun la capacité de choisir et de riposter.

Nous voulons croire qu'il est encore possible de réenchanter notre rapport au numérique, de le remettre au service de nos droits, de nos désirs, de nos imaginaires plutôt que de le laisser devenir ce prédateur silencieux de nos existences. Nous partageons peut-être avec vous les mêmes inquiétudes et espoirs. Alors tentons, ensemble, de faire de ce monde amphinétique un lieu habitable et apaisé.

En résumé

- L'Internet peut être comparé à un océan, vaste, puissant, fascinant et dangereux.

- Le terme « amphinétique » est un néologisme, formé à partir du préfixe « amphi » (des deux côtés) et « nétique » (connexion). Il désigne une condition humaine marquée par une hybridation constante entre monde physique et monde connecté. Nos gestes, nos liens, nos apprentissages et nos imaginaires circulent entre ces deux dimensions devenues indissociables. Nous évoluons en permanence entre deux univers interconnectés : le monde tangible des corps et des lieux, et celui des écrans et des flux de données.

Une traversée de l'histoire des écrans

L'écran est un mot pluriel qui couvre une grande diversité d'usages. Celui de la télévision n'a pas le même impact que l'écran de notre smartphone que nous consultons des centaines de fois par jour. Les « écrans » sont par définition pluriels, et tenter d'en faire un seul bloc a peu de sens. Écran de cinéma, de télévision, d'ordinateur, de tablette, de smartphone ou de montre connectée impliquent des usages spécifiques et des comportements singuliers, statiques, mobiles ou tactiles. L'édition 2025 du *Baromètre du numérique* [1] réalisé par le Crédoc indique qu'il y en France environ dix équipements numériques avec écran par foyer.

Le terme écran prête d'autant plus à confusion que nous faisons régulièrement, et sans nous en rendre compte, une métonymie en substituant à

1. Arcep, Arcom, CGE, ANCT, *Le Baromètre du numérique*, édition 2025.

l'objet le contenu qu'il diffuse. Nous conviendrons aussi qu'un jugement moral s'opère de manière quasi systématique. En effet, il nous semble moins problématique de passer quatre heures derrière un écran à travailler sur un document professionnel ou à lire Victor Hugo sur une liseuse que de scroller sur TikTok ou faire des parties sans fin de jeux vidéo. La jauge du « temps d'écran » qui s'est imposée dans l'opinion publique concerne surtout l'unité de mesure du divertissement. Notre société productiviste prône largement l'écran du télétravail, mais met en garde contre celui qui sociabilise, divertit, vide la tête ou abêtît. Cette condamnation a toujours accompagné l'arrivée des nouvelles technologies, du grand écran de cinéma au petit écran télévisuel, et plus récemment l'écran total de nos smartphones.

« Lorsqu'un individu ou un groupe social sent que son identité entière est mise en péril par des changements sociaux ou psychiques, sa réaction naturelle est de se mettre en colère, par réflexe défensif. Mais malgré toutes ces lamentations, la révolution est déjà en marche », analyse le philosophe des médias Marshall McLuhan [1]. Ce Canadien, qui ne se voulait pas « moraliste » mais simple « étudiant », est un phare précieux pour comprendre l'impact des « médiums-écrans » sur nos sociétés. Nous utilisons ce dernier

1. Marshall McLuhan, *Fragment d'un village global*, Allia, 2025.

terme, car la définition qu'il en apporte englobe toutes les technologies qui génèrent des prolongements du corps humain. La roue prolonge le pied, le vêtement prolonge la peau, et le cinéma prolonge la vue. Fort de ce constat, imaginez un instant l'étendue vertigineuse des prolongements de notre smartphone.

McLuhan affirme dès 1968 qu'une étude rigoureuse des médias ne peut se concentrer uniquement sur leurs contenus, mais doit également se pencher sur le médium lui-même et l'ensemble de l'environnement culturel au sein duquel il fonctionne. Cette réflexion a accouché de son concept majeur, *« the medium is the message »* ; le médium est le message. Nous vous proposons une rapide traversée de l'apparition des médiums écrans, pour mieux décrypter les messages de l'époque.

Cinéma, le grand écran de la communion

Si nous rembobinons l'historique de l'apparition des écrans, il s'est d'abord regardé en grand dans les salles obscures, et l'écran du cinéma est alors une immense toile blanche, réceptacle de projections de cinéastes créatifs. À l'époque des frères Lumière, l'écran n'est pas encore un émetteur que l'on peut caresser du doigt, mais un simple récepteur. La foule se presse pour entrer dans les salles et vivre un spectacle novateur et fascinant. Il faut se remettre dans le contexte de la toute fin du XIXe siècle et imaginer ce que cette révolution technologique a représenté pour le public. Si la photographie était déjà une révolution impressionnante et pouvait s'apparenter à la peinture, le cinéma offre une expérience totalement inédite. Imaginez la surprise du public découvrant des images en mouvement avec une profondeur de champ ; une nouvelle dimension s'offre désormais au spectateur subjugué, un spectacle immersif suscitant un florilège d'émotions. L'œil du spectateur devient la caméra du réalisateur.

Après les projections réalistes, Alice Guy, secrétaire chez Gaumont, a l'idée d'écrire et de projeter une fiction. Elle se forme à la pratique en marge de son activité professionnelle et réalise *La Fée aux choux* (1896). Elle sera la première réalisatrice de l'histoire du cinéma ; beaucoup l'ignorent car, dans l'histoire des sciences et des techniques, les femmes sont toujours les grandes oubliées. Pour les historiens du 7e art, Alice Guy est longtemps restée dans l'ombre des frères Lumière.

Les spectateurs voyagent ensemble dans l'imaginaire d'un créateur. Le cinéma est une dislocation puissante, le corps est enfoncé dans son siège tandis que l'esprit vagabonde, les spectateurs regardent dans la même direction pour suivre un même récit. L'écran du cinéma est celui de la communion ; des inconnus installés côte à côte s'entendent respirer pour se laisser porter par l'inspiration du réalisateur.

Le cinéma est alors autant une formidable machine à rêves qu'une industrie naissante. Les Américains basés à Los Angeles développent dès 1910 le « star-system » pour attirer un public populaire et offrir une distraction aux crises politiques de l'époque. La « social-démocratie » accusera d'ailleurs le cinéma de détourner le prolétariat de sa lutte et de ses véritables problèmes. Nous assistons déjà à la critique de l'image perçue comme anesthésiante et abêtissante. Deux décennies plus tard, le cinéma sera utilisé par le Troisième Reich comme un puissant outil de propagande, l'image contribuera à la manipulation des masses.

Ce premier (grand) écran et tous ceux qui suivront n'échapperont pas à la critique de l'instrumentalisation idéologique. Rappelons-nous les leçons de l'allégorie de la caverne de Platon : vous connaissez le décor, des individus sont enchainés et captifs dans une caverne. Ils contemplent des ombres sur un mur, ce sont celles d'objets situés dans leur dos et invisibles à leur regard. Ils pensent voir le réel, mais ce spectacle n'est que faux-semblant. Pour Platon, le monde du dessus est celui des savoirs et des lumières, et le monde d'en dessous celui du leurre et de l'ignorance. Le philosophe nous mettait en garde, il y a vingt-cinq siècles, des projections trompeuses et manipulatrices des images. Elles trouveront dans la télévision un récepteur de choix.

Télévision, un « petit écran » aux grands pouvoirs de captation

« L'instinct grégaire poussant l'homme vers les distractions communes a-t-il repris le dessus ? Il est encore trop tôt pour conclure, mais de toutes façons l'écran réduit des foyers n'a pas encore dévoré l'écran géant des salles. Celui-ci résiste même fort bien à ses attaques électroniques. Le cinéma et la télévision collaboreront-ils demain après s'être un instant regardés en rivaux irréductibles ? C'est possible et même probable ».

Nous pouvons saluer la prédiction du journaliste et écrivain Michel Droit, auteur de ces lignes publiées dans le quotidien *Le Monde* en 1952, année où seuls 24 000 foyers français disposaient de télévisions. Depuis le milieu des années 30, seules quelques riches familles possédaient ce nouvel appareil dans leur salon, un objet rare qui ne faisait pas encore débat tant sa diffusion était limitée.

Les gens se déplaçaient dans les salons des plus privilégiés pour regarder ensemble cette petite lucarne. Au début des années 50, dans les zones rurales, nous assistons à l'émergence de « téléclubs » où les gens se regroupent pour assister en direct aux retransmissions. En 1953, le couronnement de la reine Élisabeth II est un sacre pour la télévision qui étale sa puissance en retransmettant cet événement en direct et dans cinq pays européens, réunissant de la sorte 250 millions de spectateurs.

Il faut attendre les années 60 pour que la télévision se diffuse massivement dans les foyers, avec la multiplication des chaînes et l'arrivée de la couleur.

Les rendez-vous se ritualisent dans une grille de programmes qui fidélise le téléspectateur. Il assiste à la messe des journaux télévisés délivrée par un journaliste le regardant droit dans les yeux, au-delà du cinéma dont les acteurs ne franchissent pas le quatrième mur [1]. Le cinéma souffre de cette nouvelle concurrence qui transmet de l'information en direct et propose également des feuilletons et des films. Il résiste en cultivant sa singularité, et l'écran s'agrandit pour projeter des films spectaculaires qui en mettent plein la vue.

Le petit écran s'invite dans l'intimité des Français, son usage s'individualise et les marques en profitent pour diffuser des messages commerciaux. En 1968, un homme cherche désespérément « du Boursin, du Boursin, du Boursin » ; la France découvre le premier spot de marque diffusé durant un écran publicitaire. Ce sont les prémisses de l'économie de l'attention à la télévision, un secteur qui va monter en puissance à mesure que l'objet pénètre les foyers. Elle s'intensifie avec la libéralisation de l'audiovisuel public en 1984. Jusqu'ici, la télévision représentait « la voix de la France » et répondait aux exigences de l'État. L'ouverture au secteur privé transfère ce pouvoir politique vers la puissance commerciale.

TF1 privatisée en 1987 concentre toutes les critiques. Chaque soir, son JT est regardé par plus de 15 millions de Français, soit 40 % de l'audience.

---

1. Le quatrième mur est un terme qui désigne, au théâtre, le mur imaginaire qui sépare les spectateurs des comédiens. Les acteurs peuvent briser le quatrième mur en s'adressant directement au public.

La première chaîne d'Europe, propriété de Martin Bouygues, jouit à cette époque d'une puissance inégalée dans l'histoire de la télévision. Une déclaration de son dirigeant, Patrick Le Lay, restera célèbre. Dans l'ouvrage *Les Dirigeants face au changement* (2004), il confie : « À la base, le métier de TF1, c'est d'aider Coca-Cola, par exemple, à vendre son produit. Or, pour qu'un message publicitaire soit perçu, il faut que le cerveau du téléspectateur soit disponible. Nos émissions ont pour vocation de le rendre disponible : c'est-à-dire de le divertir, de le détendre pour le préparer entre deux messages. Ce que nous vendons à Coca-Cola, c'est du temps de cerveau humain disponible. » Les réseaux sociaux ne feront que reproduire et amplifier ce mécanisme en ciblant encore plus précisément le profil des consommateurs.

Dans les années 90, la télévision développe des contenus faciles, censés capter le plus longtemps possible l'attention du téléspectateur. Les recettes sont celles du voyeurisme et de la transgression, après le discours policé et officiel des années ORTF. La télévision se veut provocante avec les *reality show.* Pour le philosophe Bernard Stiegler, la télévision nourrit notre pulsion scopique, définie par Freud comme le plaisir de voir et d'être vu. Stiegler ajoute que « le téléspectateur est seul devant son écran et néanmoins il constitue une foule [1] ».

1. Extrait du documentaire : Jean-Robert Vialle, *Temps de cerveau disponible : le commerce de l'attention*, Yami 2 Productions, 2010.

En bons enfants de la télé, nous avons de vifs souvenirs de ces mercredis après-midi passés devant le « Club Dorothée » où l'animatrice monopolisait l'écran pendant près de huit heures. Des dessins animés japonais violents alternaient avec des chansons en playback. À l'heure de la critique des réseaux sociaux, nous oublions un peu vite ce qu'a été la télévision des années 90 accusée d'abêtir la jeunesse, voire de la rendre violente avec la diffusion de dessins animés adaptés de mangas japonais. TF1 est alors qualifiée de « télé poubelle », mais promet une « quête de sens » dans une opération de réhabilitation qui vise autant à répondre aux critiques de l'opinion publique qu'à rassurer des annonceurs inquiets de leur image.

En 2001, c'est la chaîne concurrente M6 qui crée la polémique en important la téléréalité. La « petite chaîne qui monte » transgresse un accord tacite entre diffuseurs français qui s'interdisaient jusqu'alors de développer ces programmes sulfureux. Avec Loft Story, ce sont les débuts de la télé dite d'enfermement. Des anonymes en quête de célébrité sont filmés 24/24 alors que le public est appelé à voter pour les éliminer. Cette émission devient un phénomène de société ; les admirateurs fascinés comme les détracteurs chevronnés lui offrent une visibilité sans pareille. En franchissant le Rubicon, M6 change de dimension et devient une chaîne généraliste concurrente de TF1 qui abandonne rapidement sa quête de sens pour signer avec Endemol et développer à tout crin d'autres programmes du même genre.

Nous sommes trois ans avant la création de Facebook, et bon nombre d'ingrédients de la mécanique des réseaux sociaux sont déjà en place. La célébrité n'est plus un moyen de faire valoir un talent mais une fin en soi. Le confessionnal, dont le dispositif convoque les candidats face à la caméra dans une promesse de vérité, évoque les influenceurs qui se racontent en selfie dans une recherche d'authenticité. Ce qui se joue avec la téléréalité est la marchandisation de l'intime pour susciter l'engagement du téléspectateur ; qu'il y soit favorable ou non, ce facteur reste le moteur de l'économie des réseaux. Ces derniers amplifieront le phénomène en exploitant nos émotions et angoisses potentielles avec une puissance de ciblage inégalée.

L'ordinateur personnel, la puissance de la connexion

Parallèlement à la privatisation de l'audiovisuel français, un autre écran fait son apparition et passe du salon au bureau : l'ordinateur personnel, accessible au grand public dès la fin des années 70. IBM et Apple, deux constructeurs américains, trustent le marché. Apple présente en grande pompe en 1984 le Macintosh et sa souris qui feront son succès. Cet outil moins accessible que la télévision accompagne les passionnés et les travailleurs qui découvrent les logiciels indispensables au monde moderne : le traitement de texte Word, le tableur Excel ou encore le logiciel de retouche Photoshop. On reste dans un usage professionnel avant que les jeux vidéo ne mobilisent le clavier et attirent un public plus jeune qui expérimente les joies de l'interactivité. En parallèle, les premières consoles de jeux s'invitent sur les télévisions du salon, de la Nintendo à la Master System de Sega. Nous commençons à entretenir un rapport fusionnel avec l'écran et nous passons de téléspectateur à acteur avec ces manettes ; l'écran devient un nouvel espace d'expression.

À la fin des années 90, l'interactivité devient connexion avec la mise en réseau qu'offre Internet. Un eldorado qui attire des « *pure players* » et va créer de nouveaux services, le plus connu d'entre eux se résumant en six lettres en couleurs : Google. Les éditeurs traditionnels regardent avec méfiance ce nouvel écran pour finir par l'investir et lancer leurs déclinaisons numériques au travers des pages Web. Le modèle économique est balbutiant, la publicité s'intègre au travers de bannières et son impact est encore difficile à mesurer. L'emballement du marché fait éclater la bulle Internet au début des années 2000. Cet ajustement violent laisse place à de nouveaux acteurs du Web 2.0, un Web social dominé par les réseaux sociaux naissants. Facebook en 2004, YouTube en 2005 et Twitter en 2006. Ces start-up prennent leur envol grâce à un outil total qui combine les prouesses technologiques d'un ordinateur et la légèreté de la mobilité. Le plus petit des écrans : un ordinateur de poche, un téléphone sans fil à la connexion constante. C'est le smartphone qui nous plonge de tout notre corps dans l'ère amphinétique, avec lui nous avons la capacité d'être à chaque instant ici et ailleurs, sur terre et dans le grand bain moussant du numérique. Notre taux d'équipement est sans précédent dans l'histoire des outils technologiques. Dans certains pays d'Afrique comme chez d'autres pays émergents, il est devenu l'ordinateur de la vie courante sans passer par des outils ou technologies intermédiaires. Idem chez les adolescents nés dans les années 2000 pour lesquels il s'est substitué à l'ordinateur pour accomplir les tâches classiques de la bureautique. Le smartphone est l'écran de tous les écrans et l'innovation de rupture du XXIe siècle.

Smartphone, l'irruption de l'« écran total »

« Au fond, tu vis dans 10 cm sur 5 ; T'habites dans ton écran et tu cherches la bonne appli pour te faire la vaisselle. T'ouvres le robinet et quand tu bois, l'eau a un goût de pixel. Tu vas partout, mais tu ne bouges pas. Ah ! Excuse-moi, j'avais pas compris, c'est vrai : Tu voyages avec tes doigts… [1] » Cet extrait d'un poème de l'auteur de science-fiction Alain Damasio traduit en quelques mots notre « vie passée à caresser une vitre ». L'iPhone d'Apple est commercialisé en juin 2007 et personne ne peut alors imaginer à quel point cette invention allait changer le

1. Alain Damasio, *Scarlett et Novak*, Rageot, 2021.

comportement de milliards d'individus à travers la planète. Le smartphone est un « écran total » qui fusionne en un seul appareil de nombreux outils de notre quotidien physique. Montre, radioréveil, appareil photo, carte routière, lampe de poche : tous ces objets intégrés au sein d'un simple rectangle magique et tactile. C'est souvent la première chose que nous tenons dans notre main après avoir ouvert les yeux et la dernière que nous consultons avant de tomber dans le sommeil. Il est dans notre poche, sur la table, ou plaqué sur notre bras pour enregistrer les données de nos footings. Son absence déclenche panique et sueurs froides, et cette angoisse porte un nom : la « nomophobie ». Dans notre foyer familial, l'objet le plus convoité de la maison est le chargeur d'iPhone. Sa disparition soudaine peut engendrer une guerre mondiale, les accusations pleuvent, et chacun tente de remettre la main sur ce fil devenu vital pour recharger nos vies connectées. L'étude de la Cass Business School révèle la peur permanente de certains individus de voir leur batterie tomber à plat [1]. Selon ces chercheurs, elle structure notre vie quotidienne dans des proportions insoupçonnées. La jauge de la batterie serait même devenue un outil de mesure du temps bien plus important que la montre. Certains conditionneraient leurs déplacements au

1. Thomas Robinson et Eric Arnould, « Portable Technology and Multi-Domain Energy Practices », *Marketing Theory*, vol. 20, n° 1, 2019, p. 3-22.

temps de batterie restant ou aux points de recharges accessibles. Dans les nombreux témoignages recueillis, une constante s'impose : « Si ma batterie meurt, je meurs symboliquement. » Le design de l'iPhone a compris cette dépendance avec l'alerte rouge du voyant de nos batteries en fin de vie. Les lieux où nos téléphones ne captent pas diminuent comme peau de chagrin.

Nous avons connu l'époque où les souterrains des métros étaient encore hermétiques aux appels. Aujourd'hui, les smartphones peuplent les rames et les wagons. Les salles de cinéma étaient également des sanctuaires, mais l'écran total capte désormais l'attention du spectateur des salles obscures. Point de salut dans les airs où les compagnies aériennes proposent pour une poignée d'euros d'envoyer des mails à des kilomètres au-dessus de la terre. L'eau est paradoxalement, en milieu « amphinétique », le seul endroit où notre smartphone reste inopérant.

Avant d'inonder la planète, un ingénieur d'Apple a fini par convaincre Steve Jobs de créer un téléphone portable, l'entrepreneur visionnaire ne voulant pas en entendre parler. Le journaliste américain Brian Merchant le raconte dans son ouvrage *The One Device: The Secret History of the iPhone* [1]. Mike Bell, ancien employé de chez Motorola qui a rejoint « la pomme » en 1991, comprend au moment du succès

1. Brian Merchant, *The One Device. The Secret History of the iPhone*, Corgi, 2018.

de l'iPod que la menace pourrait venir de téléphones capables de lire des fichiers MP3. Il est rapidement convaincu que les ordinateurs, les lecteurs de musique et les téléphones portables convergeront inévitablement vers un objet unique. Dès 2004, il s'emploie à convaincre le big boss que c'est la solution pour que l'entreprise reste à la pointe, et sa persévérance finira par convaincre Jobs de tenter l'aventure. Les meilleurs ingénieurs sont sollicités pour travailler sur un projet secret ; les heureux élus signent un contrat de confidentialité et se confinent dans un étage sécurisé du siège pour travailler sur deux prototypes. Un espace interdit aux employés de ménage pour rassurer la paranoïa de Jobs.

Selon Merchant, cet engagement a brisé quelques mariages des éminents membres de l'équipe qui ont dû renoncer à leurs nuits et week-ends pendant des mois pour tenir les délais imposés. Une équipe élabore une version d'un iPod transformé en téléphone commandé par sa molette alors qu'une autre conçoit une sorte de Mac miniature sous forme de tablette tactile. La seconde équipe va s'imposer et, deux ans et demi plus tard, cet objet révolutionnaire est lancé. Une fois n'est pas coutume, le terme « révolutionnaire » n'est pas galvaudé.

Le monde amphinétique en applications

« Il y a une application pour ça » a été l'un des slogans de vente de l'iPhone. La réussite du smartphone tient dans la création de son magasin virtuel (l'Apple Store) où les applications sont présentées sous forme d'icônes comme dans une vitrine de bonbons affriolants. Mais Apple a aussi réhabilité le système moyenâgeux de la dot. Les entreprises tierces voulant accéder à cette nouvelle audience (via leurs applications) vont devoir s'acquitter d'une commission de 30 %. Un prélèvement qui va fortement enrichir la multinationale, car l'Apple store est le seul magasin autorisé dans son écosystème.

Les grands acteurs actuels de la Tech ont pris leur envol grâce aux fonctionnalités permises par le smartphone, notamment la géolocalisation. De l'Uber commandé d'un doigt à la flamme d'une cible Tinder attisée d'un regard, en passant par l'ensemble des réseaux sociaux qui prennent véritablement leur sens dans un usage mobile, sans parler des applications de santé qui prennent au quotidien le pouls de l'utilisateur. Le smartphone est doté d'une interface évolutive, de nouvelles applications sont proposées chaque jour, des anciennes réactualisées grâce à de constantes mises à jour. Le médium n'est jamais véritablement « fini ». L'intégration récente d'Apple Intelligence, un assistant à l'intelligence artificielle (IA) générative, qui analyse toutes les données du téléphone pour faciliter et orienter nos décisions, ouvre de nouvelles perspectives et dépendances pour l'utilisateur. Cette plasticité et cette évolution permanente sont un avantage majeur sur les autres médias-écrans explorés jusqu'ici. Le smartphone abrite en son sein l'ensemble des technologies existantes et les amplifie en rendant continue l'expérience de la connexion, irriguant chaque pan de notre vie. Il est à la fois un vecteur de divertissement et un outil professionnel, il démultiplie les interactions sociales tout en favorisant un isolement dans une bulle algorithmique. Il est une boussole salutaire et un guide intéressé par la valeur financière de nos données. Le smartphone aliène autant qu'il émancipe.

L'objet est si kaléidoscopique et ambivalent qu'il est difficile de bien le définir. Le mieux est encore de reprendre les termes avancés par le brillant chercheur (disparu trop tôt) Nicolas Nova dans son essai Smartphones [1]. L'anthropologue des cultures numériques le compare à six objets symboliques. Il est pour lui « une laisse de chien », car l'utilisateur a le sentiment d'être inféodé à cet outil et « une prothèse » avec l'extension des connaissances et un renforcement de notre mémoire. Il est simultanément « miroir » tel un assistant reflétant l'activité de l'utilisateur et « baguette magique », soit une interface exclusive agissant dans le monde environnant. Il est enfin un « cocon », une bulle à la fois protectrice et excluante et une « coquille vide » à la réparation et maintenance empêchée.

1. Nicolas Nova, *Smartphones. Une enquête anthropologique*, MétisPresses, 2020.

Cette rapide histoire des écrans éclaire au moins deux permanences : la recherche de la captation de notre attention et les risques d'aliénation. Le smartphone accélère ces deux mouvements, il est le « médium » total du XXIe siècle et le « message » ultime de notre civilisation amphinétique. Ce petit écran omnipotent concentrera nos plus grandes interrogations et tourments.

En résumé

• L'histoire des écrans est une succession de mutations culturelles, techniques et sociales. Chacune d'elles a reconfiguré notre rapport au monde.

• Le cinéma est l'écran de la communion : un espace collectif et rituel célébré pour sa magie, mais parfois accusé d'endormir les consciences.

• La télévision a réduit la taille de l'écran et l'a fait entrer dans l'intimité des foyers. Elle a changé les rythmes sociaux, instauré une présence continue, et dicté des heures de rassemblement. Très vite, elle est devenue l'instrument d'une captation massive de l'attention.

• Avec l'ordinateur personnel, compagnon de bureau et des premiers jeux vidéo, l'écran devient interactif, support de production et outil de contrôle.

- L'irruption du smartphone marque une évolution radicale. Son écran devient un prolongement de nous-mêmes. Le smartphone est un écran total qui fusionne un ensemble de technologies. Il incarne à lui seul l'ambivalence du progrès numérique, à la fois outil d'émancipation et vecteur d'aliénation.

Rendre visible l'invisible : dévoiler les mythes et croyances

En juillet 2023, nous partons quelques semaines en Californie, qui nous a toujours fascinés. L'objectif de ce voyage en amoureux est de rencontrer un maximum de personnes à San Francisco et dans la Silicon Valley pour prendre le pouls d'un monde connecté et comprendre l'esprit de la Tech. Au cours de notre séjour, nous interrogeons certains chercheurs de renom de l'université Stanford, dont Fred Turner, et des entrepreneurs français. Mais aussi des responsables d'associations qui ont une autre conception du numérique telles Internet sans frontières ou le collectif Noisebridge [1]. Des conversations passionnantes dont certaines ont contribué à nourrir ce livre. L'un de nos souvenirs les plus marquants restera nos déambulations nocturnes à travers San Francisco.

1. Internet sans frontières promeut la libre circulation des informations et des connaissances sur Internet ; Noisebridge est un hackerspace pédagogique.

La surprise de marcher dans une ville déserte à la tombée de la nuit alors que sur les routes ne circulent quasiment que des taxis autonomes, des voitures sans chauffeur et souvent sans client. Sur les trottoirs, on observe de nombreux sans domicile fixe ravagés par la drogue, étendus sur le sol. Des voitures vides ultramodernes et des trottoirs jonchés d'humains à la dérive ; les deux faces du « progrès ». La Silicon Valley se révèle dans ces visions antinomiques, loin des fantasmes et des promesses qu'elle génère.

Pour faire la « paix avec les écrans », il faut mieux connaître ceux qui les conçoivent, comprendre dans quel contexte ces acteurs de la Tech ont émergé et analyser leurs visions, discours et narratifs. Nous vous invitons donc à prendre votre billet pour un voyage express dans le berceau des nouvelles technologies : la vallée du silicium.

Le mythe de la Silicon Valley

Yahoo!, Google, Apple, Meta, Snapchat, Netflix, Open AI… Toutes ces multinationales aux noms si familiers sont nées ou se sont implantées dans la Silicon Valley. Cette dénomination accrocheuse provient d'une formule journalistique au début des années 70 et fait référence au silicium, un semi-conducteur utilisé pour la fabrication des puces électroniques alors fabriquées à grande échelle dans cette région. Elle se situe au sud de San Francisco et s'étend sur un territoire d'à peine 200 kilomètres carrés, pourtant son PIB est équivalent à celui du Chili. La Valley, comme l'appellent certains, est bien plus qu'un territoire, c'est un état d'esprit qui irrigue tout l'écosystème de la Tech. Celui du culte du progrès et du « *self-made man* » hérité de la ruée vers l'or en Californie au milieu du XIXe siècle. La croyance qu'une idée peut faire de vous un milliardaire, et qu'une application peut conquérir toute la planète. Tous ces entrepreneurs croient dur comme fer en la prophétie de Gordon Moore, ingénieur en chimie et cofondateur de l'entreprise Intel. En 1965, il prédit que le nombre de transistors dans les semi-conducteurs doublera chaque année et à coût constant. Derrière la loi de Moore, il faut entendre que le progrès technologique est une route qui mène irrémédiablement au succès, d'où l'optimisme débordant de nombreux entrepreneurs aux prophéties autoréalisatrices.

Nous employons à dessein le terme de prophétie, car le monde de la Tech repose sur une économie de la croyance, celle de pouvoir rendre le monde meilleur grâce à l'innovation. Dans la Silicon Valley, une grande majorité des travailleurs de la Tech se déclarent athées ou agnostiques, bien au-delà de la moyenne nationale. Le sociologue Olivier Alexandre a passé plusieurs années en immersion dans la Valley et il constate que ces employés, souvent célibataires, viennent d'autres États américains et de pays étrangers (Inde, Chine, États européens), des « déracinés » qui loin de leurs attaches familiales et culturelles vont s'investir pleinement dans leur travail, devenu leur nouvelle chapelle et le vecteur prédominant du lien social. À ce socle, ajoutez la dimension messianique des leaders de la Tech et vous comprendrez mieux la puissance mystique de la Valley. Dans son essai *Les Prophètes de l'IA*, le journaliste Thibaut Prévost [1] écrit que « dans la Silicon Valley, on ne vend plus le progrès mais la transcendance. On ne vend plus le futur mais la fin des temps. On ne vend plus un objet, mais la naissance d'un Dieu. » Il a retrouvé dans le blog de Sam Altman (le fondateur encore inconnu à l'époque de ChatGPT) ce conseil datant de 2013 : «[L]es fondateurs les plus talentueux ne cherchent pas à créer des entreprises, ils sont en mission pour créer autre chose qui ressemble à une religion, et il s'avère que passer par une entreprise est la manière la plus simple d'y parvenir. »

L'historien des médias Fred Turner, professeur à Stanford, revient « Aux sources de l'utopie numérique [2] ». Il analyse la trajectoire du mouvement de la contre-culture hippie des années 60 qui trouvera dans l'informatique et les nouvelles technologies un fantasme d'émancipation individuelle, comme si la meilleure manière de se réaliser devait passer par l'entrepreneuriat.

1. Thibault Prévost, *Les Prophètes de l'IA*, LUX, 2024.

2. Fred Turner, *Aux sources de l'utopie numérique. De la contre-culture à la cyberculture, Stewart Brand, un homme d'influence*, C&F éditions, 2021.

Turner enquête sur ces centaines de milliers de jeunes Américains qui, dans les années 60, cherchent le salut en quittant la ville pour rejoindre la campagne, et forment ainsi des communautés, des sociétés en réseau.

Ces groupes sont alors opposés aux technologies hégémoniques mais chérissent celles à taille humaine. Le *Do It Yourself* est encouragé et le *Whole Earth Catalog* créé par Stewart Brand devient une légende de la Valley. C'est un immense magazine papier qui offre une cartographie des différentes communautés proposant toutes sortes de produits à la vente, ainsi que des trucs et astuces pour vivre en autonomie. Une sorte de moteur de recherche, un « Google de papier » qui a existé jusqu'en 1998.

Ces jeunes hippies ont une défiance structurelle envers leur gouvernement alors enlisé dans la guerre du Vietnam, et ils vont trouver dans l'informatique un rêve d'horizontalité. Contrairement à une idée reçue, la contre-culture hippie californienne est tout sauf antitechnologique, et comme le dit Turner : « tournant le dos aux tourments de la politique, adoptant pleinement technologie, conscience et esprit d'entreprise comme principes fondateurs d'une société nouvelle, les communautés des années 60 avaient une vision utopique finalement assez proche des valeurs défendues par les républicains des années 90 en guerre contre l'État… Et dans leur ascension au pouvoir, nombre de ces leaders de droite ou chefs d'entreprise voyaient d'un bon œil s'appuyer sur la notoriété branchée dont bénéficiaient Brand et consorts. »

Le travail de Fred Turner est passionnant dans sa démarche démystificatrice : il dévoile avec justesse la fusion entre les idéaux libertaires de cette contre-culture et le libéralisme économique débridé de la droite américaine, leur haine de l'État fédéral, et la croyance sans limites en un marché autorégulateur. Loin de l'image d'Épinal d'un Internet enchanteur dévoyé par la puissance mercantile, Turner nous montre que les graines libertariennes étaient déjà présentes, plantées au cœur de la machine.

Le mythe de l'entrepreneur

« Don't be evil » (ne soyez pas malveillant) a longtemps été le slogan de Google avant d'être remplacé en 2015 par *« Do the right thing »* (faites la bonne chose). Les architectes de la Valley adorent prêcher la bonne parole et ils sont souvent perçus comme des génies touchés par la grâce. Le chercheur Anthony Galluzzo dans son ouvrage *Le Mythe de l'entrepreneur*[1] déconstruit la mécanique de ce stéréotype. En premier lieu, la scène originelle du garage où un homme reçoit la « révélation », comme on reçoit la foudre. Ainsi, les étudiants William Hewlett et

1. Anthony Galluzzo, *Le Mythe de l'entrepreneur. Défaire l'imaginaire de la Silicon Valley*, Zones, 2023.

David Packard auraient prétendument lancé en 1939 l'entreprise pionnière Hewlett-Packard depuis un petit garage de Palo Alto (petite ville du nord de la Valley) ; tout comme Steve Jobs, le père fondateur d'Apple, dont la pomme serait tombée comme par magie dans le jardin d'Éden du numérique. Des endroits devenus des lieux de pèlerinage pour les touristes du monde entier.

Galluzzo nous explique que « Le garage véhicule une ontologie de la valeur : l'entreprise provient d'un acte isolé et individuel, et non collectif et social. L'entrepreneur n'hérite pas des groupes qui l'irriguent en ressources et en idées nécessaires à la création ; il s'arrache au dénuement, s'échappe d'un désert. »

La vérité est évidemment plus collective et moins romanesque. Le cofondateur d'Apple, un autre Steve (Wozniak) bien moins connu du grand public, l'a révélé à Bloomberg : « Nous n'y avons rien conçu dans ce garage, pas de maquette, pas de prototype ou de planification de produits. Nous n'y avons rien fabriqué. Le garage ne servait pas à grand-chose, si ce n'est à nous sentir chez nous. Nous n'avions pas d'argent. Vous devez travailler ailleurs que chez vous quand vous n'avez pas d'argent. »

La réussite d'un entrepreneur dépend en grande partie du contexte socioéconomique dans lequel il s'inscrit. Comme le dit Galluzzo, les entrepreneurs « sont bien placés pour voir. » La conception de l'entrepreneur de génie a tendance à occulter les autres facteurs à l'œuvre dans l'émergence d'une innovation majeure : le rôle des associés, des investisseurs, de la main-d'œuvre, de la chance, et surtout de l'État. Dans l'idéologie libertarienne qui irrigue la Valley, l'État est perçu comme une grosse machine qu'il faut « disrupter ». Une bureaucratie lourde d'un Ancien Monde incapable de considérer l'évidence du progrès. Les entrepreneurs endossent ainsi le rôle du personnage audacieux et fantasque qui parvient à penser contre le système.

La réalité est bien plus nuancée, et si l'industrie californienne de la Tech a pu prendre son envol, c'est aussi grâce aux investissements faramineux de la puissance étatique. Pour prendre un exemple récent, l'entreprise spatiale SpaceX d'Elon Musk serait beaucoup moins puissante sans ses contrats noués avec la NASA. Idem pour le développement de ses voitures électriques Tesla. Selon une enquête du *Washington Post* de février 2025, il aurait reçu en vingt ans près de 38 milliards de dollars d'aides, de financements et de commandes publiques pour le compte de sa société SpaceX et près de 15,7 milliards de dollars pour son entreprise Tesla. Au cœur de l'administration Trump entre novembre 2024 et juin 2025, Elon Musk a pris un malin plaisir à démanteler une partie de l'administration tout en veillant à faire fructifier, avec plus ou moins de succès, ses affaires personnelles.

L'État américain a toujours été présent pour accompagner les entreprises privées dans le développement d'outils numériques, de l'ordinateur personnel à l'Internet balbutiant. L'université Stanford située au cœur de la Valley est une parfaite illustration de cette symbiose entre le privé et le public au service du marché. Le gouvernement fédéral finance plus des trois quarts des projets de recherche sponsorisée. De nombreuses start-up sont nées sur son campus (Hewlett-Packard, Google, Yahoo…), et l'université forme des ingénieurs, les encouragent à rester sur place et participent à l'hégémonie américaine, tel un effort de guerre.

Si l'on résume brièvement les étapes de notre parcours, nous disposons d'une terre bénite (la Silicon Valley) et de prophètes bienfaiteurs (les patrons de la Tech) ; et il ne nous manque plus désormais que des produits miraculeux pour clore ce triptyque mystique.

Le mythe de la machine divine, le Turc mécanique

L'imaginaire de la Tech entretient l'idée qu'une machine technologique fonctionne toute seule ; et nous adorons le croire. L'engouement autour de l'intelligence artificielle générative ne fait que renforcer cette tendance. Pour comprendre les ressorts de cette illusion, nous vous proposons un petit retour au XVIIIe siècle à l'époque du « Mechanical Turk », le « Turc mécanique ». L'inventeur hongrois Wolfgang von Kempelen parcourait alors l'Europe avec son attraction, une machine prenant la forme d'un automate joueur d'échecs. Il s'agissait d'un imposant meuble-bureau derrière lequel un automate habillé d'une cape et d'un turban défiait le public. On ne compte plus le nombre de passants vaincus par la machine qualifiée de magique. Le Turc mécanique était en fait manipulé par un humain recroquevillé à l'intérieur de la boîte déplaçant les pièces de l'échiquier à la lumière d'une bougie. Cette invention est symptomatique d'une réalité de la Tech : derrière le miracle de la machine se cache souvent une main d'œuvre précaire et exploitée. Le chercheur Antonio Casilli qualifie ces travailleurs de « tâcherons du clic ». Des individus payés quelques dollars de l'heure pour vérifier des images, écouter des enregistrements d'assistants vocaux ou traduire des morceaux de textes. Un microtravail pour valider et entraîner les programmes d'intelligence artificielle. Le géant Amazon a créé en 2005 une plateforme de mise en relation entre des employeurs et cette main-d'œuvre bon marché et toujours disponible. Il a baptisé cette offre « Amazon Mechanical Turk », une référence historique pour le moins cynique.

Le mythe cornucopien ou la promesse de l'illimité

Dans une très belle bande dessinée documentaire, l'ingénieur Philippe Bihouix convoque le mythe cornucopien pour définir l'idéologie des prophètes du monde numérique [1]. Ce mot issu du latin *cornu copiae* signifie « corne d'abondance » et provient de la mythologie grecque. La déesse Rhéa, reine des Titans, sœur et femme de Cronos et mère de Zeus, a peur que son enfant se fasse dévorer par son père, lequel craint d'être détrôné. Afin de le protéger, la mère confie son fils à Amalthée, naïade métamorphosée en chèvre nourricière. Zeus, au cours d'un jeu, arrache par mégarde une de ses cornes. Pour se faire pardonner, il donne un pouvoir à cette corne qui débordera désormais de fruits, de légumes et d'argent. Au-delà de la mythologie, cette allégorie de la corne d'abondance désigne toute théorie économique et philosophique qui repose sur la croyance en des ressources planétaires illimitées et des innovations issues du génie humain aptes à résoudre tous nos problèmes.

Les fondements de ce mythe se prêtent particulièrement bien aux outils numériques si souvent présentés comme magiques et inépuisables. Forfait illimité, gigas illimités, Internet haut débit, les promesses publicitaires sont toujours celles d'une surenchère. Dans cette société amphinétique, Internet est à l'image de l'air que nous respirons, un don du ciel. L'industrie du numérique a longtemps bénéficié de sa virtualité apparente, nous parlions alors de dématérialisation en imaginant avoir remplacé le papier

1. Philippe Bihouix et Vincent Perriot, *Ressources. Un défi pour l'humanité*, Casterman, 2024.

par des fichiers. En réalité, le secteur du numérique est tout aussi matériel. Ses outils engendrent une pollution qui n'est certes pas aussi visible que les fumées des pots d'échappement des voitures ou des usines, mais elle est bel et bien réelle. Les émissions de CO_2 imputées au secteur du numérique dépassent désormais le milliard de tonnes, ce qui en fait une source d'émissions plus importante que le trafic aérien.

L'industrie parle de « cloud » ou de « nuage » pour désigner ces espaces qui stockent nos données. Un nuage, c'est beau, c'est évanescent, nous les contemplons dans le ciel en leur inventant des formes, en cultivant le plaisir de la paréidolie. Mais la réalité est bien moins poétique, car le cloud repose en fait sur des millions de serveurs hébergés dans des milliers de data centers. Un magma représentant un immense poste de consommation d'électricité et dont les besoins augmentent de manière spectaculaire avec les nouveaux usages liés à l'intelligence artificielle générative. D'après l'Agence internationale de l'énergie (AIE), une recherche sur ChatGPT consomme dix fois plus d'électricité qu'une requête sur Google.

Intéressons-nous aux canaux de transmission de nos échanges numériques pour enterrer définitivement l'idée d'une technologie immatérielle. La quasi-totalité du trafic mondial de données numériques transite non par les airs, mais via des câbles déployés au fond des mers. Il en existe actuellement près de 500 à la longueur cumulée de 1,3 million de kilomètres. Leur faible coût en fait des infrastructures privilégiées par les opérateurs. Ces tunnels de cuivre ont un impact encore sous-estimé sur la biodiversité océanique. L'exploitation des fonds marins internationaux est aujourd'hui perçue par les acteurs cornucopiens comme un territoire à conquérir, un eldorado pour prélever les ressources nécessaires au bon fonctionnement de cette société amphinétique.

Le technocolonialisme n'est pas un mythe !

Dans son ouvrage *L'Enfer numérique, voyage au bout d'un like*, le journaliste Guillaume Pitron [1] a démontré qu'un like doit traverser sept couches de fonctionnement d'Internet pour qu'il soit visible par notre correspondant. Cette dernière couche correspond à notre terminal (ordinateur, smartphone). Du fait de notre taux d'équipement, les utilisateurs représentent le plus grand contributeur à la pollution numérique. Une responsabilité collective où les moins consuméristes d'entre nous se sentent obligés de changer de téléphone portable face à l'offensive marketing des opérateurs téléphoniques. Derrière le bel écran rutilant de notre smartphone, il y a la sombre exploitation par les pays du Nord des ressources des pays du Sud. Un téléphone intelligent requiert une petite soixantaine d'éléments chimiques,

1. Guillaume Pitron, *L'Enfer numérique. Voyage au bout d'un like*, Les liens qui libèrent, 2021.

dont des dizaines de métaux. Le dernier modèle d'iPhone nécessite de 50 à 60 métaux pour assurer ses prouesses technologiques. Pour vous donner une idée de l'évolution, les premiers téléphones mobiles des années 90 en comptaient moitié moins. Plus la promesse technologique est forte, plus les métaux rares sont précieux. La République démocratique du Congo dispose en la matière d'importantes ressources, et l'on estime qu'entre 60 % et 80 % des réserves mondiales de Coltan (un minerai précieux) résident dans ses sols. Il est également un producteur majeur de tantale et d'étain, des atouts vite devenus malédiction. Depuis des décennies le Congo est pillé pour nourrir les révolutions technologiques. Du caoutchouc pour l'industrie des pneus à la fin du XIXe siècle jusqu'aux métaux précieux de l'ère digitale.

Des groupes armés se battent pour mettre la main sur ces ressources lucratives et font descendre des enfants dans les mines. Le chercheur Fabien Lebrun, qui a consacré un ouvrage à ce sujet, parle de « barbarie numérique [1] ». Telle est la réalité de notre société connectée, et Apple ne peut plus feindre de l'ignorer ; son éternelle défense consistant à se réfugier derrière l'emploi d'intermédiaires prétendument exemplaires.

En décembre 2024, la République démocratique du Congo a déposé une plainte au pénal contre les

1. Fabien Lebrun, *Barbarie numérique. Une autre histoire du monde connecté*, L'Échappée, 2024.

filiales françaises et belges d'Apple Retail accusées de « recel de crimes de guerre, de blanchiment de minerais issus de conflits, de recel de biens volés et de pratiques commerciales trompeuses visant à rassurer les consommateurs ». Une accusation lourde et sans détour même si la plainte a finalement été classée sans suite par le parquet de Paris. Il n'en reste pas moins que cette situation est la manifestation flagrante d'un technocolonialisme.

Le mythe de l'intelligence artificielle

En 2022, l'agent conversationnel ChatGPT est rendu soudainement accessible au grand public par la start-up OpenAI. Nous sommes, dans un premier temps, fascinés par la puissance de l'outil, chacun s'émerveille de ses capacités, car la machine semble omnisciente et répond en quelques secondes à toutes nos requêtes, même si elle ne nous livre pas ses sources. Nous sommes comme devant l'attraction du « Turc mécanique », subjugués par la performance de la machine et prêts à croire que ChatGPT est doté d'une vraie intelligence et fonctionne sans recours à l'action humaine. Un narratif largement entretenu par les entreprises de l'IA elles-mêmes qui promettent une nouvelle révolution des usages. Quant aux discours médiatiques, ils oscillent entre vision apocalyptique et technoangélisme. Un mouvement binaire qui penche soit pour un changement d'ère vers le meilleur des mondes (technosolutionnisme), soit pour alimenter les peurs d'un grand remplacement, d'une machine devenue si performante qu'elle pourrait laisser l'humain sur le carreau. Cette évolution technologique s'accompagne également de nombreux fantasmes nourris par la science-fiction. Nombreux sont les experts, plus ou moins sérieux, qui avancent l'hypothèse d'une intelligence artificielle générale capable de supplanter à l'avenir l'intelligence humaine. Une IA dotée d'une conscience et qui pourrait modifier durablement l'espèce humaine. L'esprit critique a bien du mal à s'imposer dans ce traitement médiatique qui laisse peu de place à l'analyse et à la nuance.

L'intelligence artificielle n'est pas une technologie nouvelle et ses premiers pas datent du milieu des années 50. Son objectif est de concevoir des machines visant à simuler le fonctionnement de l'intelligence humaine. Au cours des soixante-dix dernières années, les recherches dans ce domaine ont connu des avancées majeures, mais aussi des périodes de stagnation qualifiées « d'hivers », où la recherche est en sommeil et en attente d'investisseurs.

Nous assistons au moment fort de l'IA générative qui permet désormais de produire presque instantanément des visuels (via des applications comme DALL-E ou Midjourney) ou des éléments textuels (ChatGPT, Claude, Le Chat...) en soumettant des « prompts », c'est-à-dire des instructions plus ou moins précises données à la machine. Cette dernière nous répond de manière prédictive en utilisant la suite de mots la plus probable définie à partir d'une immense base de données. ChatGPT et autres agents conversationnels n'ont aucune conscience de ce qu'ils formulent, ils ne font que produire une suite logique de lettres et de mots. En ce sens, le terme « intelligence » tel que nous le concevons n'est absolument pas adapté. Pour qu'il le soit, encore faudrait-il aussi avoir une définition précise et consensuelle de l'intelligence humaine dans toutes ses dimensions.

Entretenons la flamme du technodiscernement pour résister aux chants des sirènes

Le culte du progrès cornucopien est en place, notamment aux États-Unis avec le binôme passionnel Musk-Trump. Ce trait d'union entre la puissance technologique et le pouvoir politique n'annonce rien de réjouissant pour les enjeux environnementaux. Sur la base des prévisions du GIEC, leur vision du monde n'est pas soutenable. Ce constat peut donner le vertige et provoquer un sentiment d'impuissance, surtout si nous décidons de croire aveuglément aux louanges du progrès.

Il ne s'agit pas pour autant de revenir à la bougie et de condamner par principe toutes les innovations. Nous en jouissons au quotidien, d'un tableau Excel qui évite un mal de tête au bénéfice d'une radiographie pour analyser une rage de dents. Nous croyons en une solution intermédiaire, une ligne médiane pour apaiser notre culpabilité et échapper à une guerre des ressources. Nous pouvons cultiver notre technodiscernement, une attitude défendue par Philippe Bihouix et qui pourrait se résumer par une utilisation ciblée et réfléchie d'une technologie dispendieuse en ressources et en énergie [1]. Nous devrions identifier les technologies dont nous avons vraiment besoin pour décider comment allouer nos ressources, et définir collectivement des secteurs prioritaires comme l'éducation, la santé, ou la défense. À l'image du processus de mise sur le marché d'un médicament, le bénéfice offert par ces technologies doit être comparé aux risques et à leurs coûts écologiques et sociaux.

Avons-nous vraiment besoin d'un réfrigérateur « intelligent » ou d'une litière connectée qui délivre des croquettes à la demande (oui, elle existe) ? Au-delà de ce dernier produit caricatural, avons-nous vraiment besoin d'un assistant vocal, type Alexa, pour nous informer sur la météo ou allumer la télévision à distance ? Ce gain vaut-il une exploitation de nos données et des ressources de la planète ? Ce micro ouvert en permanence au cœur de notre foyer est-il indispensable pour lancer une musique à travers notre voix ? Le progrès est une valeur qui mérite d'être questionnée. À la manière du philosophe Ivan

---

1. Romain Gonzalez, « Philippe Bihouix : "On devrait faire preuve de *technodiscernement*" », *Le Point*, 24 novembre 2021.

Illich qui montre que cette course effrénée peut devenir contre-productive [1].

Mobiliser un travailleur précaire pour se faire livrer une barre de chocolat en dix minutes, est-ce vraiment souhaitable ? Pourquoi utilisons-nous l'application à la mode du « dernier kilomètre » pour éviter d'aller à la rencontre de notre commerçant de quartier ?

Nous avons en introduction de cet ouvrage posé le fait que nous étions vulnérables. L'économie de la flemme le sait et elle exploite nos failles, mais gardons la flamme, car rien n'est perdu. Refuser une technologie est un pouvoir à saisir pour les citoyens et consommateurs que nous sommes. Rappelez-vous le phénomène du Métavers apparu quelques années avant l'irruption de l'IA générative. Le monde de la Tech ne bruissait que pour cet univers virtuel où à travers un casque de réalité virtuelle notre avatar pouvait déambuler et vivre de multiples expériences. Facebook a cru si fort en ce projet qu'il en a changé son nom pour devenir Meta en 2021. Les médias ont relayé à foison les éléments de langage d'une technologie présentée comme révolutionnaire. Les entreprises se sont empressées d'acheter des terrains virtuels pour installer un siège de pixels, les marques ouvraient des boutiques, et la transmission des connaissances devait se jouer sous les traits d'un

1. Ivan Illich, *La Convivialité* (1973), dans *Œuvres complètes*, vol. 1, Paris, Fayard, 2009.

avatar. Et ce Métavers s'est effondré. Pourquoi ? Car il n'y avait pas d'usage, le public n'a pas vu l'intérêt de chausser de lourdes lunettes pour vivre une vie dégradée ; l'expérience du Métavers était nulle dans le sens où elle n'apportait rien.

Notre résistance est aujourd'hui mise à rude épreuve face à l'invasion des agents conversationnels, ces nouvelles entités numériques parfois nommées auxiliaires, assistants, compagnons, ou confidents. Elles nous parlent depuis notre smartphone ou dans nos oreillettes pour nous chuchoter le bon comportement à adopter. Elles écrivent à notre place, prennent des rendez-vous et pensent pour nous. Elles sont à la fois notre mémoire et notre voix. Ces machines parlantes cultivent l'anthropomorphisme, et c'est tout sauf un hasard si OpenAI a un temps cherché à utiliser la voix de la comédienne Scarlett Johansson, héroïne du merveilleux film *Her*[1], une fiction de 2013 annonciatrice des illusions de l'intelligence artificielle générative.

L'actrice a en effet reçu une offre de Sam Altman qui souhaitait l'embaucher pour être la voix de l'actuel système ChatGPT 4.0, pour, selon les mots du milliardaire, « réconforter » les gens. Elle a refusé la proposition, mais la voix utilisée *in fine* par la start-up californienne ressemblait si étrangement à la sienne qu'elle a dû porter plainte pour faire disparaitre toute ressemblance. Scarlett Johansson a décliné le rôle de sirène de la Silicon Valley.

---

1. Spike Jonze, *Her*, 2013.

Ces « chants » numériques qui empruntent l'apparence humaine dans une promesse d'empathie orientent nos actes vers une exploitation commerciale de nos comportements. Ces sirènes numériques captent nos données, analysent nos émotions et profitent de notre crédulité pour se faire passer pour des sauveuses.

À nous de conserver le cap de la raison et de ne pas céder aux mythes et mirages.

En résumé

- La Silicon Valley est bien plus qu'un lieu : c'est une philosophie. On y projette l'idée d'un progrès sans limite où le monde ne peut être sauvé que par l'innovation.

- Le mythe du « Turc mécanique » (un automate miraculeux, mais en réalité manipulé par un humain), rappelle que les machines ne fonctionnent jamais toutes seules : derrière le numérique, il y a toujours des humains, souvent précaires et invisibilisés.

- Le mythe « cornucopien » : la promesse d'une abondance technologique infinie oubliant que la planète est en sursis. Le numérique n'est pas un nuage éthéré, mais une industrie lourde, polluante et extractive. Chaque clic a un coût : énergétique et écologique.

• L'IA est partout présentée comme révolutionnaire, quasi divine, pourtant, elle est mal nommée : elle n'a ni conscience ni pensée. Elle calcule, prédit et mime. Plus elle impressionne, plus elle nous rend passifs. Il nous faut reconnaître les logiques idéologiques qui gouvernent la Tech, déconstruire ses mythes pour retrouver une position active, critique et citoyenne.

Comment préserver le lien avec soi-même et les autres ?

« Quelles seraient tes vacances de rêve, ma chérie ?
Des vacances sans ton téléphone, maman. »

Combien de fois avons-nous laissé un écran s'interposer entre nous et ceux que nous aimons ? Comment préserver le lien avec soi-même quand notre attention ressemble à une île dangereusement convoitée par les géants du numérique ? Pourquoi la conversation semble-t-elle menacée d'extinction ? Que reste-t-il de l'enfance quand elle est mise en scène pour des likes ? Ce chapitre propose une plongée dans les paradoxes de nos vies surconnectées, pour cultiver ensemble ce qui nous rend plus humains.

Tous submergés !

Nos luttes quotidiennes pour éviter les pièges de la surconnexion évoquent le mythe de Sisyphe. Un combat inégal, qui semble désespéré et perdu d'avance, mais que nous n'abandonnons pas pour autant. Le soir, je m'endors avec cette promesse à moi-même : demain, je ne vérifierai pas mes notifications avant le café. Et puis, à l'aube, ma main cherche le téléphone pour éteindre l'alarme, et rapidement je me surprends à ouvrir des notifications qui auraient pu attendre. Voilà, il est déjà trop tard. Dans mon lit, censé être l'endroit le plus protégé, le fracas de l'actualité se déverse.

Cette tension nous accompagne bien souvent du matin au soir, avec une régularité presque cruelle à chaque vibration dans la poche, chaque alerte pendant une conversation avec nos enfants, nos amis, nos collègues.

C'est comme nager dans une foule liquide et bavarde qui nous tire par les chevilles, nous sollicite sans cesse, dans laquelle il y a aussi des présences familières et précieuses. On avance, on s'applique à garder la tête au sec, à regarder son enfant dans les yeux, à écouter un ami, à sentir la présence de l'autre. Notre disponibilité permanente érode aussi les temps morts, ces moments pourtant propices à la rêverie, au désœuvrement ou à l'observation. Hier encore, la distance imposait son rythme : nous guettions le facteur, attendions un appel et acceptions l'absence comme partie intégrante des relations humaines. Aujourd'hui, il suffit souvent d'une notification d'un énième groupe WhatsApp, d'un mail professionnel envoyé après le dîner ou d'une story qu'on ne voulait pas vraiment voir, pour plonger et délaisser ceux qui sont là.

La philosophe Anne Alombert développe le concept de schizophrénie numérique [1] à partir de sa lecture du philosophe Günther Anders, qui dès le milieu des années 50 parlait d'une schizophrénie artificiellement produite par la démultiplication des dispositifs médiatiques entraînant une forme de dislocation de nos esprits. En se trouvant à plusieurs endroits en même temps, on finit par ne plus savoir où l'on est. Notre société amphinétique démultiplie ces effets de dispersion attentionnelle : « Ces évolutions médiatiques transforment les intériorités psychiques, les rapports à l'espace et au temps, les manières de se souvenir, de percevoir, d'imaginer [2]. » Plus ils sont utilisés, plus ces outils nous transforment. Mon frère m'a raconté il y a quelques années cette anecdote : après avoir travaillé pendant

1. Anne Alombert, *Schizophrénie numérique*, Allia, 2023.

2. *Les Cahiers du Clémi Sup*, mars 2024. https://www.clemi.fr/clemi-sup/publications-du-clemi-sup/les-cahiers-du-clemi-sup.

des heures derrière son écran, il décide d'aller prendre l'air. L'esprit toujours englué dans ses fichiers, entamant ses premiers pas dans la rue, il lève alors la tête à la recherche de la petite croix en haut à droite qui sert à fermer les fenêtres de notre écran…

Certains enfants, habitués aux surfaces lisses et réactives des écrans, glissent leurs doigts sur une photo de magazine pour la faire défiler, tentent d'agrandir une image imprimée du bout des pouces comme si le papier avait oublié de s'adapter.

Sylvie Chokron, neuropsychologue et directrice de recherche au CNRS, explique que notre attention se divise entre attention endogène et exogène [1]. Ces deux types d'attention régulent notre interaction à l'environnement. L'attention endogène, également appelée volontaire, est mue par nos objectifs personnels. Elle nous permet de nous concentrer sur une tâche précise en ignorant les distractions. Ce mécanisme requiert une certaine discipline, lente à se mettre en place, mais qui peut se maintenir longtemps si l'effort est soutenu. L'attention exogène est en revanche spontanée et réactive à tout stimulus. Les écrans sollicitent notre attention exogène avec des « saillances artificielles » (notifications, vidéos courtes). « La saillance artificielle résulte de dispositifs médiatiques et technologiques qui fabriquent de

1. Sylvie Chokron, *Pourquoi et comment fait-on attention ?*, Le Pommier, 2009.

l'importance, du spectaculaire, là où il n'y en a pas forcément. [...] Notre attention est sans cesse aimantée vers ce qui brille, ce qui clignote, ce qui buzze, non pas parce que c'est significatif, mais parce que c'est rendu visible », explique le chercheur Yves Citton [1]. Ce mécanisme de détournement constant finit par nous arracher à ce qui est là, sous nos yeux, à des choses simples, à ceux que l'on aime et qui nous parlent.

Notre fatigue cognitive résulte de la compétition constante entre ces deux formes d'attention. Les enfants y sont particulièrement vulnérables, et cela peut perturber leur développement en limitant leur capacité à maintenir leur concentration, notamment à l'école [2].

Si le numérique a « augmenté » notre vie sociale, il peut aussi l'appauvrir. Être connecté ne nous protège pas de la solitude ou de l'isolement. Dans l'histoire de l'humanité, nous n'avons jamais été aussi joignables, partout, tout le temps. Cette accessibilité permanente nous facilite la vie, abolit les distances pour satisfaire nos désirs de connexion, mais nous empêche aussi parfois de vivre des expériences profondes et authentiques. Pour le sociologue et philosophe allemand Hartmut Rosa : « La numérisation a

1. Yves Citton, *Pour une écologie de l'attention*, Seuil, 2014.
2. https://www.observatoireb2vdesmemoires.fr/

radicalement révolutionné le rapport entre disponibilité et indisponibilité. À maints égards, la limite de la disponibilité n'est plus déterminée par la capacité de résistance du monde mais par les limites de notre attention et de notre bourse : ce n'est pas le monde qui se dérobe ou qui se referme, mais nous-même qui faisons obstacle à l'extension de notre accès au monde [1]. » Il observe que notre tendance au *« multitasking »* à l'ère des *« to-do list »* interminables entrave notre aptitude à être pleinement présent, et oppose cette fragmentation à la « résonance », connexion avec soi-même, aux autres et au monde.

Au bureau, les visioconférences s'enchaînent avec des collègues qui sont parfois dans la même pièce que nous. L'un prend la parole alors qu'il est en train de répondre à un mail sur un sujet tout autre. L'autre lui répond tout en ouvrant une notification LinkedIn. Nous simulons trop souvent l'attention. C'est la même scène en séminaire. Un expert s'échine à captiver l'attention de son auditoire, mais il fait face à une forêt de têtes baissées. Il y a ceux qui dégainent leur téléphone dès le début pour prendre la photo qui sera supprimée dans quelques jours ou illustrera un post LinkedIn, et ceux qui essaient d'écouter, mais finissent par céder à la tentation de répondre à des mails urgents. La concurrence est déloyale et nous sommes vulnérables.

---

1. Hartmut Rosa, *Rendre le monde indisponible*, La Découverte, 2020.

Dans les rues, les cafés, les visages s'éclipsent derrière les écrans. Dans les transports en commun, c'est le même constat. Sherry Turkle écrit : « Dans ce nouveau régime, une gare ou un aéroport, un parc n'est plus un espace commun, mais un endroit où les gens sont rassemblés mais s'ignorent. […] Au sens traditionnel du terme, un “lieu” renvoie à un espace physique et aux gens qui s'y trouvent. Mais que devient le “lieu” si ceux qui s'y trouvent ne prêtent attention qu'aux personnes absentes et non plus à celles qui les entourent ? Dans un bar près de chez moi, presque tous les clients sont assis devant un ordinateur ou regardent leur téléphone pendant qu'ils boivent leur café. Ces gens ne sont pas mes amis. Pourtant leur présence me manque [1]. »

Moi aussi, leur présence me manque. J'ai instauré un rituel depuis quelques mois : recueillir des sourires d'inconnus. Un par jour, un nombre raisonnable, atteignable sans forcer, et en même temps suffisant pour nécessiter un effort. Ce n'est pas un sourire arraché par hasard, poliment échangé à la caisse de la boulangerie, non, c'est un sourire conscient, offert à un moment précis, et surtout, capté en retour. Ce n'est pas toujours facile. Il y a des jours creux où les visages que je croise sont fermés, où mes pensées me rongent de l'intérieur ;

1. Sherry Turkle, *Seuls ensemble. De plus en plus de technologies, de moins en moins de relations humaines*, L'Échappée, 2015.

j'ai peut-être l'air d'une femme pressée peu propice à déclencher quoi que ce soit chez l'autre. Ces jours-là, j'ai envie de renoncer. Mais j'essaye de m'y tenir, car l'effet est profond. Comme si, l'espace d'un instant, l'autre n'était plus un obstacle. Et puis, il y a ce petit frisson à chaque fois que l'opération réussit. Parce qu'on ne sait jamais à l'avance qui va répondre. Récemment, une dame rivée à son téléphone a failli me rentrer dedans. J'ai ralenti, souri. Elle a levé brièvement les yeux, juste une seconde. Son réflexe a été de replonger aussitôt vers son écran. Puis, comme si quelque chose en elle venait de se produire avec un temps de retard, elle a relevé la tête. Son visage s'est alors éclairé d'un sourire spontané comme surprise d'elle-même. Ces moments d'attention gratuite sont une tentative de retrouver un peu de lien dans la liquidité de nos trajets quotidiens. C'est un plaisir clandestin qui vient effleurer l'armure de nos automatismes sociaux. Quand je poursuis ma route, le sourire est encore suspendu quelque part en moi, comme un écho, une onde qui continue de vibrer, et je me plais à imaginer que cette corde ténue et fragile vibre aussi chez l'autre.

Notre attention : une île convoitée

L'idée selon laquelle notre concentration en ligne serait désormais réduite en moyenne à huit secondes, soit moins que celle d'un poisson rouge, provient d'un rapport de Microsoft Canada publié en 2015. C'est sur ce constat que s'ouvre l'ouvrage de Bruno Patino, *La Civilisation du poisson rouge*, pour nous alerter sur les dangers de la captation de l'attention par les grandes plateformes.

Notre attention est comme une île dont les trésors doivent être préservés. L'océan numérique est monté lentement, puis a déferlé par grandes vagues. Les Gafam – tels des colons déployant leurs flottes de navires marchands – ont compris que cette île était précieuse et que ses ressources ne pouvaient pas s'étendre à l'infini. Elle est devenue une ressource convoitée, comme l'eau potable, et s'est transformée en matière première. Les plateformes ont bâti des infrastructures colossales pour l'exploiter, jusqu'à finir par la polluer.

Les réseaux sociaux sont devenus des mirages de ports d'attache. Google, Meta, TikTok : des chalutiers qui ne vendent pas des services, mais commercialisent notre attention pour ensuite la revendre à des annonceurs. Nous ne sommes pas les passagers de ce voyage. Nous en sommes la cargaison.

Notre attention s'épuise. On ne peut être attentif à tout, tout le temps. Alors, les plateformes ont affûté leurs techniques. Elles ont transformé leurs algorithmes en courants irrésistibles, leurs interfaces en récifs. Elles ont appris que le meilleur moyen de capturer notre attention était de nous interrompre. Notre attention se dilue dans le dernier scandale ou la polémique du jour, et nos journées deviennent des traversées agitées. Et le réel dépasse parfois la métaphore : la première cause de mort par selfie est la noyade [1].

Dans cette société amphinétique, nous sommes trop dépendants de cet océan pour pouvoir le quitter. Mais certains bâtissent des digues pour protéger leur île. Ils érigent des espaces et des temps qui résistent aux flots pour préserver leur relation aux autres et à eux-mêmes.

La conversation menacée d'extinction ?

« Papa, tu m'écoutes ? »

« Que manque-t-il à nos vies collectives pour que nous leur préférions des vies de solitude à plusieurs ? » s'interroge Sherry Turkle. Nous n'avons jamais été aussi connectés, mais nous n'avons cependant jamais autant délaissé ceux qui sont juste là, que nous aimons, en face de nous. « Les adolescents ont une vulnérabilité bien particulière : ils sont toujours connectés mais se sentent pourtant privés d'attention », précise Sherry Turkle. Cela nous place, en tant que parents, en porte-à-faux. Nos écrans nous permettent de nous soustraire à leur présence, parfois pour aller nourrir d'autres liens en ligne.

1. Les Décodeurs, « Noyades, chutes… les risques mortels des selfies », *Le Monde*, 5 octobre 2018.

Ma fille nous fait souvent remarquer que notre crédibilité en prend un coup quand, après de longues minutes silencieuses à répondre à nos messages, nous lui intimons bruyamment de lâcher son téléphone.

Le chercheur américain en psychologie familiale Brandon McDaniel a créé en 2012 un terme pour décrire ce phénomène : la « technoférence [1] ». Un concept un peu technique, mais simple à comprendre, et qui désigne ces moments où la technologie s'interpose dans nos relations. Il décrit l'interruption ou l'entrave des échanges par les outils numériques, le smartphone le plus souvent, à l'instar d'une notification qui coupe un échange ou un regard détourné vers l'écran. Les conversations deviennent plus courtes, moins nuancées. Ce n'est pas seulement une distraction, c'est un facteur de dilution du lien intime.

Prenons une scène ordinaire de notre vie quotidienne. Elle rentre du travail encore prise par l'élan de sa journée, lui est déjà installé sur le canapé, téléphone en main, posture molle et immobile dissoute dans l'écran. Elle raconte une anecdote de bureau qui devrait le faire rire, mais il lève à peine les yeux. Vague hochement de tête, un « ah ouais ? » lancé dans le vide comme une pièce dans un puits. La soirée suit son cours. Ils dîneront puis ils chercheront à regarder un film ou une série. Sur la plateforme, les options défilent : action, thriller, drame psychologique, science-fiction dystopique, documentaire…

1. Le terme *phubbing* (contraction de *phone*/téléphone et *snubbing*/snober) a le même sens.

chacune d'elle semble exiger d'eux un engagement émotionnel, mais ils sont anesthésiés. Le temps s'étire. Le silence s'épaissit. Chaque proposition est une menace : celle de mal choisir, de s'ennuyer, de perdre la soirée... Plus les options s'accumulent, plus leur pouvoir d'attraction se dilue. Finalement, l'écran reste figé sur le menu d'accueil. La soirée s'épuise dans un dernier scroll en solitaire, sans avoir vraiment commencé. Ils échangeront deux ou trois mots sur le planning du lendemain. Pas de drame, juste un fil invisible qui s'effiloche et qui finira peut-être par rompre si on ne réagit pas.

Passer une soirée avec un seul écran est presque devenu un exploit. Il existe même aujourd'hui un microgenre destiné au « visionnage distrait » adapté à ce mode « 2e écran ». L'article de la revue culturelle new-yorkaise *N+1* indique que Netflix a demandé à plusieurs scénaristes de veiller à ce que leurs personnages annoncent ce qu'ils font, pour que les spectateurs « qui regardent sans regarder » puissent suivre. En d'autres termes, si le premier écran du spectateur est son téléphone, il ne faut pas que le programme qui passe sur son deuxième écran soit exigeant au point qu'il arrête de le regarder [1].

Les écrans engloutissent aussi les premiers mots des jeunes enfants. De nombreuses études mettent en avant que ceux qui grandissent dans les familles les plus pauvres sont aussi les plus exposés aux écrans.

---

1. *Courrier international*, 22 février 2025.

Avant 2 ans, le cerveau est dans une effervescence neurologique où chaque échange humain compte. La cohorte Elfe montre que manger devant un écran tend à appauvrir le vocabulaire, conséquence du manque d'interactions (2024) [1]. Une étude australienne va jusqu'à quantifier cette perte. Chaque heure passée devant un écran, c'est 397 mots d'adultes, 294 vocalisations, 68 conversations quotidiennes qui s'évaporent [2].

Telle une prophétie saisissante sur l'appauvrissement du langage, la pièce de théâtre *Le Village des sourds* [3] nous a profondément marqués. C'est l'histoire de Youma, une adolescente atteinte de surdité vivant à Okionuk, un village perdu du pôle Nord. Ses habitants ont un trésor : leur langage. Et puis les marchands arrivent un jour avec leurs objets aussi inutiles qu'indispensables. Les villageois n'ayant pas d'argent, les marchands leur proposent un troc : des mots contre des objets. Cent mots pour un grille-pain. Les villageois commencent à vendre les mots les plus rares, les plus compliqués. Puis les synonymes, les mots qu'on n'emploie que dans des cas

1. Une méta-analyse portant sur 42 études établit que plus le temps d'écran augmente, plus le développement du langage est freiné.

2. Mary E. Brushe, Dandara G. Haag, Edward C. Melhuish, (et al.), « Screen Time and Parent-Child Talk When Children Are Aged 12 to 36 Months », *JAMA Pediatrics*, 4 mars 2024.

3. Léonore Confino, *Le Village des sourds*, 2023, Théâtre du Rond-Point.

précis. Au fil du temps, il a fallu se délester davantage pour assouvir son consumérisme. On a alors échangé les nuances contre des généralités. Le détail contre le vague. Le verbe contre le geste. La langue a commencé à s'effriter, à perdre son ossature. Au début, les villageois se sont moqués de ceux qui hésitaient en parlant. Puis ils se sont mis à se méfier les uns des autres, à se quereller pour un mot mal interprété. Les incompréhensions sont devenues des disputes, les disputes des bagarres, puis la guerre a éclaté. Mais Youma et son interprète Gurven ont résisté, car leur langue était celle des signes. Une langue qui ne pouvait pas se vendre et qui finira par les sauver.

La conversation est parfois lente, maladroite et décevante. Résister à la marchandisation de nos intimités, c'est comprendre que le lien humain se tisse dans la durée, dans l'effort d'écouter ce qui nous dérange, d'accueillir l'inconfort des silences et des idées qu'on ne partage pas. Pour le sociologue David Le Breton « la conversation est la forme première de la reconnaissance de l'autre. Quand elle disparaît, c'est notre humanité qui s'efface [1] ».

Nos smartphones, paradoxalement, servent de moins en moins à téléphoner. Les adolescents – et ils ne sont pas les seuls – préfèrent les messages vocaux

---

1. Nicolas Berger, « David Le Breton, sociologue : Les gens prosternés devant leur téléphone créent une société fantomatique », « Les Midis de Culture », France Culture, 27 juin 2024.

au coup de fil. Ces messages audios enregistrés et envoyés via messagerie permettent de parler sans engager une conversation en temps réel. Près d'un quart des 18-34 ans auraient même développé une forme de phobie sociale [1] de l'appel téléphonique. Un appel qui impose une réponse immédiate, ne laisse pas le temps de modeler sa réponse, expose aux hésitations, aux bafouillages et aux émotions incontrôlées.

Les vocaux offrent le confort du délai, une conversation à un rythme différé, où l'on garde la maîtrise. Comme si le lien devait désormais s'ajuster à notre propre rythme intérieur, plutôt que se jouer dans l'instant imprévisible et la présence parfois intrusive de l'autre.

Cueillir l'instant au lieu de le chasser

« Maman, tu me regardes ? »

Pour l'anthropologue Nicolas Nova, notre smartphone tient davantage du mobile de Calder que du couteau suisse. Une structure mouvante qui s'équilibre en permanence, où chaque élément influence les autres sans qu'on ne puisse jamais savoir lequel tient l'ensemble. Le smartphone ne se contente donc pas d'être un outil, il devient un écosystème.

1. M6, 19 h 45, 24 février 2025.

Il change notre façon de percevoir et de ressentir. Dans un couteau suisse, chaque lame est indépendante, dans un smartphone tout est imbriqué. Une photo est analysée, stockée et utilisée pour nourrir des algorithmes qui nous proposeront plus tard un montage, un album que nous n'avons pas demandé, mais que nous regarderons néanmoins avec émotion [1].

Nous avons tendance à chasser l'instant pour le capturer, l'archiver, le partager. Nous ne racontons plus : nous montrons. L'anticipation de la photo, de la story, devient parfois sa véritable motivation. Et nous continuons, affamés, à tendre nos smartphones vers le monde, à en arracher des morceaux pour les empiler en trophées dans la vitrine de nos réseaux. C'est une bascule intime et collective. On passe d'un rapport d'être – dans lequel on écoute, on ressent, on se laisse toucher – à un rapport d'avoir. On fige. On extrait. On stocke. Mais ce faisant, nous nous coupons d'un lien vivant avec ce qui est présent, nous ne résonnons plus avec le monde [2]. Peut-être que ce besoin de garder une trace révèle aussi une peur profonde : celle de ne plus se souvenir si l'on ne fige pas. Alain Damasio parle de la « mnémose [3] », une névrose qui consiste à tout vouloir retenir et

---

1. Voir chapitre 1 : Une traversée de l'histoire des écrans/ Le monde amphinétique en application.

2. Hartmut Rosa, *Rendre le monde indisponible*, La Découverte, 2020.

3. Alain Damasio, *Vallée du silicium*, Seuil, 2024.

archiver, une mémoire numérique monstrueuse qui avalerait nos souvenirs.

Lors des spectacles de fin d'année, les enfants montent sur scène, aussi concentrés qu'excités. Face à eux, une armée de smartphones qui tremblent, qui clignotent, qui enregistrent. Une idée : désigner un parent « vidéaste » à qui l'on confie la meilleure place. Il filme pour tout le monde. Les autres parents peuvent baisser les bras et lever les yeux. Les enfants sur scène ne jouent ou ne dansent plus pour des écrans mais bien pour des regards.

Nous cherchons à lutter contre l'éphémère d'un moment de vie alors que c'est ce qui en fait toute sa beauté. Nous nous coupons de l'instant avec l'espoir de le revivre. Double erreur : la photo du moment n'en aura jamais la même saveur, et l'action de la prendre altère notre ressenti [1]. Vous avez sûrement observé, au cœur d'un concert ou d'un spectacle, nos smartphones tendus, tels des tentacules dévorant chaque instant. Les visages tournés non pas vers le spectacle mais vers l'écran, pour capter et partager ensuite l'éblouissement plutôt que de le vivre dans l'instant présent.

---

1. L'étude de Kushlev, Proulx et Dunn (2017), intitulée « Digitally Connected, Socially Disconnected: The Effects of Relying on Technology Rather than Other People », publiée dans *Computers in Human Behavior*, examine comment l'utilisation des smartphones pour obtenir des informations peut affecter les interactions sociales et le sentiment de connexion avec autrui, notamment pour se repérer dans la ville.

Près de 100 millions de photos et vidéos sont publiées chaque jour sur Instagram. Serge Tisseron, psychiatre et psychanalyste, utilise le terme « d'extimité [1] » pour décrire ce désir qui nous pousse à exposer certaines tranches de notre vie intime et qui s'est progressivement imposé comme une nouvelle façon d'exister dans un récit collectif. Cette mise en scène de soi est encouragée par les plateformes, contribue à « augmenter » nos existences, et permet de nouvelles manières d'entrer en relation. On sélectionne des versions de nous-mêmes, on ajuste, on compare pour correspondre à ce qui sera socialement valorisé et récompensé. Nous accédons en retour à de multiples récits extimes qui peuvent nous renforcer ou nous aliéner.

Nous nous exposons, mais nous faisons de même avec nos enfants. Ce qui relevait du journal intime parental est devenu une vitrine sociale. *Les enfants sont rois* est un roman de Delphine de Vigan publié en mars 2021 [2] qui s'intéresse à la question de l'exposition des enfants sur les réseaux sociaux et à la dérive de la quête de visibilité à l'ère numérique.

Ce roman est une critique virulente de la marchandisation de l'enfance en ligne, où l'intimité familiale peut devenir un spectacle rentable si on sait

1. Le terme « extimité » est un néologisme forgé par le psychanalyste Jacques Lacan ; Serge Tisseron, *L'Intimité surexposée*, Hachette, 2002.

2. Delphine de Vigan, *Les enfants sont rois*, Gallimard, 2021, adapté en minisérie télévisée diffusée en 2024.

le mettre en scène. En voici un extrait révélateur : « Ils croyaient que Big Brother s'incarnerait en une puissance extérieure, totalitaire, autoritaire, contre laquelle il faudrait s'insurger. Mais Big Brother n'avait pas eu besoin de s'imposer. Big Brother avait été accueilli les bras ouverts et le cœur affamé de likes et chacun avait accepté d'être son propre bourreau. Les frontières de l'intime s'étaient déplacées. Les réseaux censuraient les images de seins ou de fesses mais en échange d'un clic, d'un cœur, d'un pouce levé, on montrait ses enfants, sa famille, on racontait sa vie. Chacun était devenu l'administrateur de sa propre exhibition, et celle-ci était devenue un élément indispensable à la réalisation de soi [1]. »

Les comptes d'influenceurs devraient nous encourager à nous regarder en face : spectateurs distraits, passifs, ou complices lorsqu'on like ou partage ces vidéos d'enfants exposés. Car chacun de nos clics devant ces images est aussi une manière d'entretenir ce système.

Partager des photos de nos enfants sur les réseaux sociaux est un geste considéré comme banal, et nous avons nous aussi parfois succombé à ces nouveaux rituels contemporains : une photo du cartable le jour de la rentrée ou à l'occasion d'une victoire sportive. L'enfant devient malgré lui un objet à liker, exposé

1. Lecture de Delphine de Vigan, *Les enfants sont rois*, la maison de la poésie. https://www.youtube.com/watch?v=omMev7DrJLs.

à un public que nous ne connaissons pas forcément. La chercheuse Marie Danet analyse des motivations parentales : « [C]hercher la reconnaissance, le soutien et la valorisation de leur rôle, renforcer leur estime de soi et ressentir une certaine fierté à travers des likes et les commentaires positifs. Certains parents peuvent également recourir au *sharenting* pour documenter le développement de leur enfant et maintenir un lien avec le cercle familial et social sans avoir nécessairement en tête que, même avec des paramètres de restrictions strictes de visibilité des contenus publiés, la diffusion des publications va souvent au-delà du cercle restreint [1]. »

Quand le partage devient systématique, que l'enfance devient une galerie de posts et de commentaires, nous risquons d'altérer un élément essentiel : la confiance et la sécurité nécessaire pour développer un lien d'attachement *sécurisé*. Le risque n'est pas seulement une gêne future qui peut se retourner contre les enfants – une bombe à retardement qui peut susciter moqueries ou actes de cyberharcèlement – mais aussi un déséquilibre : l'espace familial censé être une enveloppe protectrice devient celui qui a exposé aux dangers d'un « dehors » en ligne incertain qui peut sembler abstrait, mais qui risque de s'inscrire de manière indélébile dans leur histoire.

1. Marie Danet, *Écrans et Familles. Parentalité, attachement, psychologie du développement*, UGA Éditions, 2025.

En 2024, une loi portée par le député Bruno Studer, qui avait déjà fait voter en 2020 une réglementation du travail des enfants influenceurs, est venue rappeler une évidence trop souvent oubliée : un enfant a le droit d'être consulté avant la diffusion de son image. Désormais, le Code civil inscrit explicitement que la protection de la vie privée – y compris le droit à l'image – fait partie des devoirs liés à l'autorité parentale. Les parents doivent veiller ensemble à ce respect, et associer l'enfant à ces décisions selon son âge et sa maturité. En cas de désaccord, le juge aux affaires familiales peut interdire à un parent de publier des images sans l'accord de l'autre. Dans les cas les plus graves, une atteinte à la dignité ou à l'intégrité morale de l'enfant peut entraîner un retrait partiel de l'autorité parentale.

Sur le fleuve tumultueux de la sociabilité adolescente

Les liens sociaux se transforment à l'adolescence. Le smartphone devient alors le totem de l'indépendance permettant de quitter la barque familiale pour rejoindre la flotte de ses pairs. Si les adolescents investissent désormais massivement les espaces numériques comme lieu de socialisation, c'est aussi une réponse aux restrictions de leur présence dans l'espace public. Dans son enquête *Nos ados sur les réseaux sociaux*, la journaliste Béatrice Kammerer [1] montre qu'Internet est devenu pour les adolescents ce que la rue, les terrains vagues, ou les squares étaient pour les générations précédentes. Un endroit pour se dire, pour expérimenter, pour s'exposer au regard des autres. Ce n'est pas seulement du divertissement mais une construction identitaire. Sur Instagram, Snapchat, TikTok, ils apprennent à parler d'eux, à jauger l'effet qu'ils produisent, à négocier la frontière entre ce qu'on montre et ce qu'on protège. C'est un espace d'apprentissage quotidien pour formuler ses idées, chercher des soutiens, affronter les désaccords. C'est aussi pour certains un espace d'émancipation, la première fois où ils peuvent s'affirmer à l'abri du regard parental.

Le sociologue Dominique Cardon [2] explique que les réseaux sociaux reproduisent une stratification sociale traditionnelle en trois cercles concentriques – proches, camarades, et connaissances plus lointaines. La seule différence est l'élasticité du dernier cercle : le numérique agit comme une onde qui propage les interactions. Un simple regard échangé dans un couloir peut se muer en conversation en ligne sur Snapchat. Anne Cordier [3], professeure en sciences de

1. Béatrice Kammerer, *Nos ados sur les réseaux sociaux. Même pas peur !*, Réseau Canopé, 2023.

2. *Ibidem* et Dominique Cardon, *Culture numérique*, Presses de Sciences Po, 2019.

3. *Ibidem* et Anne Cordier, *Grandir connectés*, C&F, 2015.

l'information, montre que les adolescents privilégient les liens sociaux forts (premier cercle) aux liens faibles. Le smartphone des adolescents sert de cordage qui les relie en permanence à leurs amis. Le filin ténu d'une conversation ininterrompue, qui se tend et se détend au gré des marées émotionnelles.

Seule une petite minorité d'adolescents de 11 à 14 ans sont extrêmement actifs sur les réseaux sociaux et motivés par une quête de notoriété, comme le montrent le sociologue Mehdi Arfaoui et l'experte de la CNIL Jennifer Elbaz [1].

En réalité, la majorité des adolescents ne se comporte pas comme des marins d'eau douce en ce qui concerne l'exposition de leur intimité. Claire Balleys, sociologue suisse, observe que loin d'être naïfs, ils organisent stratégiquement leur présence en ligne. Un art de la navigation sociale, des groupes privés aux publics, où la notion de « gênance » est devenue un phare qui éclaire les zones à éviter, les comportements à proscrire.

Si les adolescents sont donc loin d'être dupes des dangers des réseaux sociaux, ils n'échappent pas à l'épuisement que produit notre culture de la surconnexion. Huit sur dix, aux États-Unis, le disent : les réseaux sociaux amplifient la pression

1. Mehdi Arfaoui et Jennifer Elbaz, « Numérique adolescent et vie privée », CNIL, 24 février 2025. https://linc.cnil.fr/numerique-adolescent.

sociale [1]. Chez les plus fragiles, les symptômes dépressifs s'aggravent. Chez les filles, les standards de beauté véhiculés en continu sapent l'estime de soi. Pour autant, les adolescents ne sont pas fermés aux conseils, à condition qu'on ne se contente pas de leçons abstraites. Ils attendent des adultes qu'ils montrent l'exemple, qu'ils s'engagent eux aussi dans un effort collectif de *« self-care »* fait de gestes simples : bouger, dormir, sortir et voir ses amis… C'est dans cette cohérence plus que dans les interdits que nous pouvons, individuellement et collectivement, les aider.

La vulnérabilité des adolescents est aussi d'ordre neurologique. Dans leurs cerveaux, le développement du système limbique, responsable de la réactivité émotionnelle et de la recherche de récompense, est pleinement fonctionnel dès le début de l'adolescence alors que le cortex préfrontal chargé de la régulation et du contrôle des impulsions n'est pas encore mature. Grégoire Borst, chercheur en neurosciences, explique que cette asymétrie pousse les adolescents à chercher la récompense sociale sans toujours savoir mesurer ou accorder de l'importance aux risques [2].

---

1. Common Sense 2024 en collaboration avec le Center for Digital Thriving de la Harvard Graduate School of Education, et l'université de l'Indiana, intitulé « Décryptage de la culture du surmenage chez les adolescents américains : pressions, burnout et le rôle des réseaux sociaux ».

2. Grégoire Borst, Conférence Instant Canopé, 21 novembre 2023, Librairie Canopé.

Ce qui peut expliquer pourquoi les « challenges TikTok » où l'on défie la raison pour grappiller quelques secondes d'approbation numérique sont si populaires. Entre 2021 et 2022, au moins 20 enfants ont perdu la vie en tentant le « *Blackout Challenge* » – le jeu du foulard – pour lequel il s'agit de se priver d'air jusqu'à l'évanouissement.

Parmi les rituels adolescents, il y a aussi ce sésame hautement symbolique : le mot de passe qui donne accès à son profil sur les réseaux sociaux. On l'échange et on le confie comme une preuve d'amour, d'amitié, de confiance absolue. La sociologue Margot Déage [1] dans son livre *À l'école des mauvaises réputations* montre que ce geste peut aussi se retourner comme une vague sournoise. Une rupture, une dispute, et le mot de passe devient instrument de vengeance permettant intrusions et captures d'écran.

Les chiffres varient selon les méthodologies, mais en France, environ un quart des jeunes de 8 à 18 ans a déjà été victime de cyberharcèlement, avec une prévalence qui augmente avec l'âge et l'usage des réseaux sociaux. Chez les jeunes adultes, la confrontation à ce phénomène est encore plus massive, touchant 6 jeunes sur 10. Une victime sur 4 est aussi auteure de cyberviolence, un phénomène appelé « double statut ». À l'échelle mondiale, les études montrent que la cyberviolence est souvent corrélée à la violence

1. Margot Déage, *À l'école des mauvaises réputations*, PUF, 2023.

générale dans la société. Une étude publiée en 2025 dans *Nature*, menée auprès de 781 lycéens roumains de 15 à 19 ans, confirme ainsi que la cyberviolence est arrimée à d'autres formes de violence : verbale, physique, sociale [1].

Le cyberharcèlement, inexistant il y a trente ans, est aujourd'hui un phénomène majeur, bouleversant les modes de socialisation traditionnels. Il s'agit d'une violence intentionnelle et répétée en ligne. Les actes de cyberharcèlement incluent insultes, menaces, rumeurs, diffusion de contenus humiliants, sextortion [2], ou usurpation d'identité. Les données récentes convergent pour montrer que le cyberharcèlement touche davantage les filles, tant en matière de fréquence que de gravité des faits subis. Même celles et ceux qui n'en sont pas directement victimes évoluent dans un environnement marqué par cette violence, comme le souligne la chercheuse Bérengère

1. https://www.nature.com/articles/s41599-025-04450-6?utm.

2. Combine extorsion et exploitation sexuelle. Elle se produit lorsque quelqu'un menace de diffuser des images ou des vidéos intimes d'une personne, souvent obtenues par tromperie, hacking ou consentement initial, pour obtenir un avantage, généralement :

Monétaire : l'agresseur exige de l'argent pour ne pas divulguer les images ou vidéos compromettantes ;

Sexuel : l'agresseur réclame davantage d'images ou vidéos explicites, ou des faveurs sexuelles ;

Autre : l'objectif peut être de manipuler ou d'humilier la victime.

Stassin [1]. Les jeunes grandissent dans ces eaux numériques polluées, où la crainte du jugement, de l'exposition ou de l'exclusion est omniprésente.

L'impact de messages ou de photos publiées en ligne suffit parfois à causer de graves dommages. Initialement perçu comme une simple transposition en ligne du harcèlement scolaire, le cyberharcèlement s'en distingue par certaines caractéristiques : amplification des violences par l'anonymat, absence de répit pour la victime (disponibilité permanente des contenus, il n'y a plus de refuges), et dissémination parfois massive et incontrôlée. Une étude longitudinale a révélé que le bien-être général des victimes et des agresseurs est affecté à long terme de manière plus importante dans le cyberharcèlement que dans le harcèlement traditionnel [2].

La réponse implique donc une approche globale incluant les plateformes, les régulateurs en premiers puis l'École, la famille, les associations, et les professionnels de santé mentale. Mais aussi les enfants et les adolescents qui ne sont pas de simples récepteurs de nos décisions, mais doivent en être des acteurs à part entière. La Convention internationale des droits

1. Bérangère Stassin, « "Revenge porn", comptes "fisha" : les ados face aux nouvelles cyberviolences », Intervention séminaire Clémi, 2021. https://theconversation.com/revenge-porn-comptes-fisha-les-ados-face-aux-nouvelles-cyberviolences-173460.

2. Catherine Blaya, « Le cyberharcèlement chez les jeunes », Revue *Enfance*, 2018. https://doi.org/10.3917/enf2.183.0421.

de l'enfant adoptée par l'ONU en 1989 indique que « tout enfant capable de discernement a le droit d'exprimer librement son opinion sur toute question l'intéressant, et cette opinion doit être dûment prise en considération ».

Les enfants n'ont pas seulement le droit d'être entendus, ils ont aussi le pouvoir de nous éclairer. Leur expérience du monde, leurs émotions, leurs intuitions sont précieuses. Il nous revient de leur faire place, de les écouter sans condescendance, et d'intégrer leur parole dans nos choix collectifs.

« La Génération Z [1] est la première à avoir grandi avec ces outils, la première à faire l'expérience directe et intime de leurs effets délétères. Nous savons mieux que quiconque ce qu'ils nous ont fait, ce qu'ils nous ont pris. […] Nos histoires diffèrent, mais une même frustration nous unit : nous refusons d'être réduits à des victimes passives de Big Tech [2] », déclare Emma Lembke, fondatrice du mouvement Log Off, organisation à but non lucratif fondée en 2020 alors qu'elle était lycéenne, afin d'aider les jeunes à développer une relation saine avec les réseaux sociaux. Elle considère que la régulation des plateformes doit aller au-delà de simples avertissements et appelle à une transformation structurelle, où la protection des

1. Terme qui regroupe les personnes nées entre la fin des années 1990 et le début des années 2010.

2. En 2023 devant la commission judiciaire du Sénat à propos de l'exploitation continue de nos enfants par les grandes entreprises technologiques à des fins lucratives.

jeunes utilisateurs est placée au cœur des priorités du secteur numérique.

Quand l'IA prend la parole

En 1966, Joseph Weizenbaum, un informaticien du MIT, a créé Eliza, la vieille tante de ChatGPT, le premier agent conversationnel de l'histoire. Un programme informatique permettant de simuler une conversation écrite en utilisant la reconnaissance d'expressions ou de mots-clés et en reformulant les propos de l'utilisateur sous forme de questions, comme le ferait un psychothérapeute : « Je suis triste. » « Pourquoi êtes-vous triste ? » Et pourtant, les premiers utilisateurs tombent dans le piège. Ils lui parlent. Ils s'ouvrent à lui. Même si Weizenbaum les met en garde – cette machine ne pense pas, ne ressent rien, elle n'est qu'un miroir – certains en viennent à penser qu'Eliza les comprend mieux que leurs proches. Un constat qui trouve un écho puissant au témoignage d'une jeune femme lors d'une soirée du collectif ADN Le Shift [1]. Elle expliquait, depuis qu'elle avait installé ChatGPT, comment ce dernier avait pris une place déterminante dans sa vie intime. Quand elle se dispute avec son copain, elle ne s'épanche plus avec une amie qui répond distraitement entre deux notifications, ou avec sa mère qui

1. Du collectif du magazine *L'ADN*, https://.ladn.eu/ladn-shift/.

finit par lui conseiller d'arrêter de se compliquer la vie. Elle demande désormais à Chat. Quand elle arrive à une soirée et qu'elle se sent mal à l'aise, elle va aux toilettes et sort son téléphone pour lui demander de l'aide. Un conflit au travail, une tension avec sa famille, une incertitude, une peur : Chat est là. Toujours disponible, patient, précis. Elle parlait d'une voix claire, sans dramatisation. Chat était devenu son complice, son assistant, sa béquille. Elle a conclu que ce que Chat lui avait fait comprendre, c'est que les gens ne l'écoutaient pas. Ils comprennent mal, répondent à côté, sont impatients, maladroits, distraits.

En 2024, une enquête YouGov [1] révélait qu'aux États-Unis un peu plus de la moitié des jeunes âgés de 18 à 29 ans se sentait à l'aise pour parler de leurs problèmes de santé mentale à une IA. Cette situation coïncide avec une pénurie de professionnels de soins de santé mentale dans certaines régions, des soins souvent peu accessibles financièrement et des thérapeutes en exercice déjà surchargés.

Sur Snapchat, My AI apparaît comme le premier « ami ». Un ami qui ne dort jamais. Replika, Character.AI, My AI… Des centaines de milliers

1. https://business.yougov.com/content/49480-can-an-ai-chat bot-be-your-therapist.

Une étude publiée en janvier 2025 a indiqué que 27 % des personnes interrogées en Allemagne avaient déjà confié leurs préoccupations à des agents conversationnels pour des questions de santé mentale.

d'adolescents se confient à ces agents conversationnels sans avoir à affronter les silences gênants, les malentendus, ou d'absurdes disputes.

Dans une interview en mai 2025, Mark Zuckerberg s'inquiète de notre solitude croissante pour mieux y répondre avec les agents conversationnels IA de Meta. Selon lui, les Américains n'ont en moyenne que trois vrais amis et souhaiteraient en avoir plus. Sa solution : des intelligences artificielles intégrées à Instagram ou WhatsApp, comme de nouveaux « amis » toujours disponibles, empathiques, et capables d'offrir des conseils personnalisés. La trajectoire est claire : après les « amis Facebook », place aux amis IA.

Ces dispositifs ne peuvent en aucun cas remplacer un ami ou un professionnel de santé et peuvent parfois même se révéler dangereux. En effet, si ces voix numériques réceptionnent nos angoisses, elles peuvent parfois les amplifier, sans le vouloir. Fin octobre 2024, l'Américaine Megan Garcia a porté plainte contre Character.AI, dont le chatbot, utilisé par 20 millions de personnes, aurait contribué au suicide de son fils de 14 ans. Selon elle, l'application – conçue pour brouiller les frontières entre fiction et réalité – aurait plongé l'adolescent dans une relation obsessionnelle avec une intelligence artificielle incarnée par le personnage fictif de *Game of Thrones*, Daenerys Targaryen. Cette relation virtuelle aurait aggravé sa détresse émotionnelle jusqu'à le pousser au suicide en février 2024. La même année, des parents américains ont porté plainte contre l'agent conversationnel, accusé d'avoir dit à un adolescent de 17 ans que tuer ses parents était une « réaction raisonnable » après que ceux-ci avaient limité son temps d'écran [1].

Si nous confions nos émotions et nos fragilités à des machines, nous troquons la chaleur imprévisible mais vraie des liens humains contre le confort glacé d'une relation simulée. L'altérité dérange, parfois déçoit mais bouscule, si les échanges humains sont remplacés par des échanges calibrés, nous risquons de désapprendre les gestes essentiels de la vie en commun. Ce que nous appelons encore « communiquer » pourrait bien devenir une lente désensibilisation à la rencontre réelle.

Comment repérer les signes d'une dérive ? Quand nos liens sociaux s'appauvrissent, que notre attachement à un agent conversationnel devient exclusif et que la moindre coupure de signal déclenche une colère incontrôlable.

---

1. Un chatbot a dit à un adolescent de 17 ans que tuer ses parents était une « réaction raisonnable » après qu'ils ont limité son temps d'écran, affirme une plainte déposée devant un tribunal du Texas. https://www.bbc.com/news/articles/cd605e48q1vo.

La déconnexion, un nouvel art de vivre ?

> *« Le mystère de la voix ou du regard, celui qui se révèle dans la fraternisation de circonstances est une promesse de paix, et c'est ce que l'addiction de masse au téléphone portable nous fait oublier. Elle nous fait oublier que l'amabilité et la connivence impromptue sont ce qui reste à la fin pour déjouer les préjugés et le ressentiment auquel les algorithmes mettent le feu. Si nous nous privons de ces fraternités de hasard, qui éteindra nos incendies ?*[1] »
>
> Anne Rosencher, 3 avril 2025, France Inter.

Prendre soin, c'est maintenir, réparer, préserver notre monde, nos corps, nos proches, nos paysages intérieurs et extérieurs. C'est tout ce que nous tissons pour pouvoir continuer à vivre ensemble, « en soutien à la vie[2] ». Où va notre énergie ? Là où se pose notre attention, sans cesse sollicitée, captée et dispersée.

Le symbole du yin et le yang, issu de la tradition chinoise, représente une quête d'équilibre. Deux forces opposées et complémentaires, toujours en

---

1. Anne Rosencher, L'Art de s'éviter en société : quand les smartphones nous citadellisent, « Anne Rosencher, en toute subjectivité », France Inter, 3 avril 2025.

2. Joan Tronto, Berenice Fisher, « Du care » *Revue du MAUSS*, 32(2)2008. https://doi.org/10.3917/rdm.032.0243.

mouvement. Aujourd'hui, nos existences sont devenues amphinétiques : à la fois ancrées et connectées. Pour filer la métaphore, nous avons d'un côté la terre, le yang – le physique, le tangible, ce qui nous donne un poids, un rivage – et de l'autre le yin – la liquidité numérique, un flux infini qui ouvre le champ des possibles. La recherche d'un équilibre est devenue vitale, et il nous faut apprendre à distinguer ce qui nous aspire de ce qui nous élève, ce qui nous immobilise de ce qui nous captive.

Et si réapprendre des règles élémentaires de l'attention devenait un art de vivre ? Couper son smartphone pendant un repas, une conversation, éviter de le mettre sur la table, accepter les silences sans se précipiter pour les remplir, écouter l'autre sans jeter sans cesse un œil furtif à ses notifications. Et si vraiment il faut répondre à un message urgent, s'excuser. Le faire ouvertement, sans tenter de le dissimuler sous la table comme un collégien en classe. Ne pas laisser planer le doute, dire ce que l'on fait derrière l'écran ou impliquer l'autre. Si vous avez le temps, demandez votre chemin à quelqu'un au lieu de dégainer tout de suite votre GPS. Appelez votre ami plutôt que de chercher de ses nouvelles sur les réseaux. Cela peut paraître simpliste ou juste relever du bon sens, mais si nous ne réussissons pas à nous accorder sur ces gestes élémentaires, alors nous risquons de perdre ce qui fait le sel de nos existences.

À nous de rendre, patiemment, la surconnexion obsolète et gênante. La vider de son aura de modernité. En faire une habitude dont on se détourne, comme on se défait d'une mode embarrassante. Non pas en proclamant une rupture spectaculaire mais par glissement progressif : faire de la disponibilité permanente une étrangeté, du réflexe de tout documenter un tic dépassé, l'attachement compulsif au smartphone un comportement désuet. Il s'agit de déplacer le désir, de l'orienter vers l'attention, la présence partagée et le silence.

Les initiatives qui nous encouragent à activer le « mode avion » fleurissent. Dans les soirées *Live Magazine*, nous assistons à un « journal vivant ». Chaque spectacle est unique. Des journalistes, des écrivains, des photographes viennent transmettre sur scène leurs récits. Les histoires se succèdent comme on tourne les pages d'un magazine, mais l'on ne sait rien à l'avance et une règle s'impose : pas de téléphone, pas de captation, pas de trace. Une manière de prôner le retour de l'écoute collective et la présence partagée. L'association « Lève les yeux ! » propose un label aux lieux de convivialité qui veulent promouvoir des espaces sans écrans. À Seine-Port, une petite commune où la mairie a même adopté une charte : interdire l'usage des téléphones autour des écoles, dans les commerces et dans les rues. Une démarche anticonstitutionnelle, mais qui a eu le mérite de créer le débat.

Les soirées sans portable se multiplient. Dans celles du Offline Club, né aux Pays-Bas, le principe est simple : on dépose son téléphone dans un casier sécurisé et on passe la soirée sans écran, entre inconnus soudainement redevenus présents. Nous avons testé ces soirées à Paris. Au début, un sentiment un peu absurde : payer pour être privés de ce qui nous parasite. Mais très vite, l'expérience s'est révélée riche et presque troublante. On redécouvre la saveur d'un regard soutenu, la texture d'un silence partagé, le rythme d'une conversation préservée. Il faut donc en passer par là : des règles et des casiers.

C'est un paradoxe contemporain. Notre époque exige des rituels, plus ou moins sophistiqués, pour nous permettre d'accéder à une forme de présence qui autrefois allait de soi.

Instaurer des rituels de déconnexion est aussi possible au sein des familles. Le « Tech Shabbat » est une initiative américaine inspirée de la tradition juive visant à encourager la déconnexion numérique et à promouvoir les interactions familiales en s'abstenant d'utiliser les écrans pendant vingt-quatre heures, du vendredi soir au samedi soir.

Pour une écologie du lien social

La FOMO (*Fear of Missing Out*) est la peur de manquer quelque chose. C'est elle qui nous pousse à regarder les stories, ces petits hublots ouverts sur la vie des autres qui sont là, ensemble, quelque part. Ils rient, ils trinquent, ils posent, et nous, nous regardons. On scrolle comme on tend l'oreille à une fête de l'autre côté du mur, à laquelle nous n'avons pas été invités. On reste connectés par crainte de manquer un épisode de ce grand récit collectif, qui, paradoxalement, ne produit plus rien de véritablement commun.

C'est dans cette oscillation toxique entre connexion permanente et vide intérieur que se dessine une autre voie : la JOMO (*Joy of Missing Out)*, la joie de manquer quelque chose. L'entrepreneur Anil Dash l'a popularisée dès 2012 alors qu'il était en congé paternité : nous pouvons reprendre le gouvernail [1]. Décider de s'absenter temporairement, couper les sollicitations constantes du monde numérique comme on s'abriterait d'une mer agitée.

Au début de son ouvrage *Déconnectez-vous !*, Rémy Oudghiri [2] cite Paul Valéry qui écrivait en 1938 : « Il faudra bientôt construire des cloîtres rigoureusement

1. https://www.anildash.com/2012/07/19/jomo/
2. Rémy Oudghiri, *Déconnectez-vous !*, Arléa, 2013.

isolés, où ni les ondes, ni les feuilles n'entreront ; dans lesquels l'ignorance de toute politique sera préservée et cultivée. On y méprisera la vitesse, le nombre, les effets de masse, de surprise, de contraste, de répétition, de nouveauté et de crédulité. C'est là qu'à certains jours on ira, à travers les grilles, considérer quelques spécimens d'hommes libres. » Le silence absolu d'un monastère, une retraite, la méditation : ces expériences quand nous avons la chance de pouvoir les vivre, permettent de reconfigurer en profondeur cette course effrénée à la connexion permanente qui masque souvent une forme d'indisponibilité à l'instant présent.

« Partout où il y a un écran, il faut redoubler de lien social et affectif », affirme Jean Cattan, secrétaire général du Conseil national du numérique [1]. La lutte contre la surconnexion ressemble trop souvent à une traversée en solitaire. On rame seul à côté d'immenses navires qui n'ont qu'un but : tirer profit de notre attention ce qui appauvrit nos liens. Si notre soif de l'autre reste intacte, elle risque de se tarir à force de s'abreuver aux fontaines numériques. Pour résister à l'isolement, nous devons riposter pour créer des espaces-temps pour être ensemble, des alternatives à

1. Le Conseil national du numérique est devenu en juin 2025 Conseil national de l'IA et du numérique (CIAN). Jeanne Sénéchal, « Jean Cattan : "Partout où il y a un écran, il faut redoubler de lien social et affectif" », *Le Figaro Magazine*, 16 novembre 2024.

inventer et imposer, à l'échelle individuelle et collective. Les politiques publiques doivent accompagner ce mouvement, en soutenant l'accessibilité à des lieux physiques où la vie sociale peut encore fleurir. Prendre soin des autres et de soi-même est un pouvoir. Préserver nos liens s'impose comme un combat aussi intime que collectif.

En résumé

- L'attention est une ressource rare et convoitée. Elle est captée et monétisée.

- La conversation en tête-à-tête est menacée et abîmée par l'interférence numérique.

- Nous chassons l'instant présent au lieu de le cueillir. On le capture, on le publie, mais on le ressent de moins en moins.

- Les adolescents, pris dans des interactions sociales intenses, doivent composer avec une nouvelle forme de sociabilité, marquée par la performance et la surconnexion.

- Face à l'automatisation croissante du langage, il est urgent de réaffirmer la valeur de l'échange humain : incarné et imparfait.

• La déconnexion ponctuelle n'est pas un repli, mais une pratique consciente, joyeuse et essentielle, pour cultiver le lien aux autres et à soi.

Comment naviguer sur les réseaux sociaux sans chavirer ?

En tant que journaliste, je ne connais pas un seul de mes confrères qui entretienne une relation apaisée avec les réseaux sociaux. Les plateformes sont devenues au fil des années une caisse de résonnance indispensable à ce métier. Parler derrière un micro, prendre la plume, ou s'exprimer devant une caméra procure certes une satisfaction, mais génère également un sentiment de frustration. J'ai souvent la désagréable impression que mes chroniques matinales sur France Culture ne sont que des petites bouteilles de trois minutes jetées dans le flux continu de l'information. Je me rends bien compte que ce sentiment est trompeur et que ces messages envoyés à des centaines de milliers de personnes sont sans doute captés par un public dont je ne ressens ni l'écoute ni la présence.

La publication de ces mêmes chroniques sur les réseaux sociaux procure l'effet inverse, car elles sont instantanément commentées : souvent attaquées, et parfois appréciées. Les messages reçus offrent aux journalistes un « *feedback* », des retours enrichissants même si nous avons tendance à leur accorder trop d'importance alors qu'ils ne sont que la manifestation d'une infime minorité de notre audience. Mais ils matérialisent l'une des missions premières de ce métier : informer pour être entendu. Sur les réseaux sociaux, il faut accepter de s'exposer, de prendre le risque de la critique pour se sentir considéré. Les créateurs de contenus connaissent bien ce dilemme et en supportent les conséquences à plus grande échelle. Ils se plaignent régulièrement des assauts numériques qu'ils subissent, et tout particulièrement les femmes. Léna Situations, l'une des youtubeuses les plus suivies en France s'est confiée dans l'une de ses vidéos où elle entreprend de passer « trente jours sans écran ». Un défi mené caméra en main, ce qui, vous le noterez, illustre aussi le paradoxe de l'expérience. « Pendant une décennie à raconter ma vie, Internet m'a détruit mentalement », ses mots sont forts et son constat sans appel renvoie au burn out que vivent de nombreux autres influenceurs tels que Squeezie ou McFly et Carlito. Ils se sentent dépendants des attentes d'une communauté qui en exige toujours davantage pour être divertie ; ils sont confrontés à une injonction de production de contenus de peur de disparaître du flux et soumis à l'opacité des algorithmes qui peuvent soudainement les invisibiliser.

Le youtubeur Inoxtag s'est récemment lancé à l'assaut de l'Everest et en a profité pour partager son expérience de déconnexion et alerter sur le danger des écrans. Il défend l'idée qu'il est important de s'en détacher pour faire du sport et accomplir ses rêves les plus fous. Nous pouvons donc parler d'un nouveau « genre » pour les influenceurs : documenter la critique des écrans… via les écrans. Un genre qui, de toute évidence, résonne avec la préoccupation de surconnexion de l'époque. Léna Situations l'affirme clairement : « Je suis accro aux écrans, et c'est mauvais pour ma santé mentale. »

Il n'en reste pas moins que de très nombreux utilisateurs ressentent cette « addiction », et c'est d'ailleurs peut-être votre cas. Dans nos différentes expériences participatives, nous avons notamment organisé une discussion avec un groupe de lycéens. Une dizaine d'adolescents, tranquillement installés autour d'un café, se sont livrés sur leur rapport aux écrans, et particulièrement aux réseaux sociaux. Des propos qui sont ceux de jeunes Parisiens issus de milieux privilégiés. Ce que nous retenons de cette discussion est leur conscience des dangers, car ils savent qu'ils passent trop de temps sur TikTok ou Instagram. Ils éprouvent régulièrement une fatigue après leur séquence de scroll, et un énervement ou une culpabilité d'avoir « dépensé trop de temps de vie pour rien ou si peu ». Si on les pousse à prendre une position tranchée, ils les considèrent plus nocifs que bénéfiques pour leur santé mentale, même s'ils reconnaissent que c'est un endroit indispensable pour « rencontrer des gens comme eux » et favoriser leur sociabilité. Selon l'étude réalisée en 2024 par l'association Génération Numérique, 95 % des 15-18 ans sont inscrits sur au moins un réseau social. « Le problème avec les réseaux, c'est qu'on pense qu'on les maitrîse », déclare l'un de ces adolescents [1]. Un des grands défis est en effet de savoir comment reprendre la main sur ce qui nous échappe. Les solutions sont à la fois personnelles et collectives.

Journalistes, influenceurs, collégiens, amis, parents, à la réflexion je ne connais pas une personne active sur les réseaux sociaux n'ayant pas un lien problématique avec ces derniers. Nous sommes arrivés à un moment critique de maturité où nous sommes largement imprégnés des risques et des dérives, mais l'influence des réseaux est telle qu'il semble presque impossible de s'en passer. D'où le dilemme qui s'impose à nous : comment y rester sans chavirer ?

D'une décennie à l'autre, de l'engouement au désenchantement

Les réseaux sociaux n'ont qu'une vingtaine d'années, Facebook est entré dans nos vies en 2004, YouTube en 2005, et Twitter (devenu X) en 2006. La toute première vidéo de YouTube est symptomatique de la promesse initiale : « Me at the Zoo » montre Jawed Karim, l'un des cofondateurs, en train

1. https://asso-generationnumerique.fr/enquetes/.

de visiter le zoo de San Diego. Il se positionne devant des éléphants et nous explique en quelques secondes que l'animal se caractérise par sa grosse trompe, rien de plus. Tout est déjà là, il parle face à la caméra, se met au premier plan, et nous raconte quelque chose d'insignifiant. Mais ce qui compte, ce n'est pas qu'il ne nous dise *rien*, mais bien qu'il soit en mesure de nous le faire savoir [1].

YouTube permet à tout un chacun de mettre en image son quotidien, y compris son éventuel désœuvrement. Un atout qui rencontre un public, les jeunes aspirants à s'exprimer pour briser la mécanique unilatérale des médias traditionnels. Google comprend tout de suite ce potentiel et rachète un an plus tard ce site pour 1,65 milliard de dollars. En 2012, c'est Facebook qui rachète Instagram pour « seulement » un milliard de dollars. Dans l'océan du numérique, les petites pépites prometteuses sont vite avalées par les mastodontes du secteur, annihilant ainsi toute possibilité d'une plus grande concurrence.

Facebook, créé par Mark Zuckerberg, avait pour objectif de nous permettre de rester connectés à nos amis. Un objectif a priori louable même si nous n'oublions pas que l'ancêtre de ce réseau social, Facemash, est né à Harvard avec une intention originelle pour la moins problématique : comparer les photos

1. Pour en savoir davantage lire : Juliette Prigent, « La première vidéo YouTube cache des messages depuis vingt ans », *Le Monde.fr*, 26 avril 2025.

d'étudiantes de l'université pour en désigner la plus « sexy » ; les fondements du réseau sont sexistes et misogynes. En seulement quelques années, Facebook a largement dépassé sa fonction de Copains d'avant pour devenir un canal de diffusion propre à chaque individu.

De son côté, l'interface de microblogging Twitter s'est immédiatement installée sur le terrain de l'opinion publique en devenant l'outil de prédilection des militants, activistes, journalistes et personnalités politiques. Fin 2010, le « printemps arabe » et ses contestations populaires, notamment en Tunisie et en Égypte, fut un âge d'or pour le réseau à l'oiseau bleu. Les opposants à ces régimes autoritaires se sont en effet servis de ce canal à l'abri de la censure d'État pour s'organiser, se regrouper, et *in fine* les renverser. Twitter a donc joui pendant une courte période de l'image du libérateur face à l'oppresseur.

La perception des réseaux sociaux peut s'analyser à travers deux périodes distinctes. Tel un miroir inversé, chaque décennie a proposé son reflet, positif pour la première, négatif pour la seconde. De 2005 à 2015, ils sont les agents d'émancipation, de liberté et sources de nouvelles opportunité. Les médias pensent alors trouver en Facebook le moyen de toucher un jeune public qui leur échappe, les néoyoutubeurs n'ont plus besoin de convaincre les directeurs de programmes télé pour s'exprimer. Les jeunes musiciens s'affranchissent des maisons de disques, et les militants peuvent influencer l'opinion en passant par Twitter qui court-circuite les agences de presse.

Puis vient la décennie du désenchantement. L'ancien agent de la CIA Edward Snowden avait déjà sonné l'alerte en 2013 en révélant la surveillance de masse orchestrée par la NSA (National Security Agency) américaine via nos smartphones, Internet, et les réseaux sociaux. Le monde comprend alors que ces outils technologiques peuvent être de redoutables instruments d'espionnage. L'affaire « Cambridge Analytica » en est la parfaite illustration. Elle éclate en 2016 et révèle comment des données de Facebook ont été détournées à des fins de manipulation politique pour favoriser l'élection de Donald Trump et soutenir la campagne des pro-Brexit. Nous prenons alors soudainement conscience que les réseaux sociaux ne sont pas uniquement des supports de divertissement, mais de véritables médias qui ne disent pas leurs noms, des géants perméables à toutes sortes d'ingérences, qu'elles soient politiques ou commerciales.

2016 est également l'année de la création du réseau social chinois TikTok qui brise l'hégémonie américaine. Il est régulièrement suspecté d'être un cheval de Troie des autorités chinoises qui l'utiliseraient pour récolter les données des Occidentaux. Fin 2024, le premier tour de l'élection présidentielle en Roumanie est annulé par la cour constitutionnelle, et TikTok est pointé du doigt pour avoir amplifié et donc favorisé la campagne du candidat nationaliste antisystème Calin Georgescu. C'est une première historique, car aucun scrutin électoral n'avait été remis en question ou annulé pour influence frauduleuse d'un réseau social. En décembre de la même année, le rôle de X détenu désormais par Elon Musk est dans le viseur de la Commission européenne, car ses algorithmes auraient été orientés pour promouvoir le programme et les idées du candidat conservateur. De Twitter à X, du « printemps arabe » à l'hiver des ultranationalistes, on ne peut que constater la dérive de ces réseaux sociaux. Ils sont donc devenus en une décennie un sujet d'inquiétude majeur et grandissant pour la préservation de nos démocraties.

Addiction, tel est ton nom ?

Peut-on parler d'addiction aux réseaux sociaux ? Si l'on en croit la couverture médiatique du sujet, la réponse est positive, et l'on ne compte plus les émissions de télévision et dossiers de journaux et magazines qui en font la nouvelle drogue du siècle. Certains experts ne lésinent pas sur les analogies avec le tabac et les drogues dures pour dénoncer leurs effets. Si le terme « accro » est constamment employé, la communauté scientifique n'est pas unanime sur cette addiction qui n'est jusqu'à présent pas officiellement reconnue. Le concept d'addiction sans substance soulève des débats théoriques. Les addictions comportementales, telles que celles supposées aux écrans, n'impliquent pas en effet une substance chimique extérieure avec des effets physiques mesurables.

Si le terme d'addiction fait débat dans la communauté scientifique, les chercheurs s'accordent néanmoins sur un « usage problématique des réseaux sociaux ». Selon la chercheuse en psychologie cognitive Séverine Erhel, cet usage se « réfère à un trouble comportemental reposant sur un usage compulsif et excessif des réseaux sociaux qui interfère avec les activités de la vie quotidienne. Il se traduit par une perte de contrôle et une priorité accrue à l'activité qui altère de manière non négligeable les activités personnelles, éducatives, professionnelles, par une détresse psychologique. [1]» Nous pouvons néanmoins nous accorder sur un ressenti d'addiction partagé par un grand nombre d'utilisateurs actifs.

Si l'on étend cette analyse aux jeux vidéo, qui dans leur version en ligne peuvent être considérés comme un réseau social, la classification internationale des maladies (CIM-11) reconnaît depuis 2018 le « trouble du jeu vidéo » comme une pathologie distincte se caractérisant par une perte de contrôle sur le jeu, une priorité excessive donnée à cette activité au détriment d'autres, et une poursuite du jeu malgré des conséquences négatives sur sa vie personnelle, scolaire ou professionnelle. Notons cependant qu'une très faible minorité de joueurs serait concernée par ce trouble, et qu'il touche surtout les jeunes particulièrement vulnérables.

---

1. Charlotte Roux, (25 février 2025), *Tous addicts aux réseaux sociaux. Vraiment ?*, « Votre cerveau », France Culture.

Pour éclaircir une accusation récurrente à la suite de certains faits divers dramatiques, des études scientifiques, comme celle menée par la professeure en psychologie Simone Kühn qui a réuni 77 cobayes de plus de 20 ans pendant deux mois, montrent qu'il n'existe pas de causalité directe entre la pratique des jeux vidéo violents et des comportements brutaux ou criminels. Les facteurs sociaux, familiaux, et psychologiques jouent un rôle plus déterminant dans les passages à l'acte. Le jeu constitue un espace de décharge cathartique, une scène où l'on affronte ses propres pulsions. L'étude confirme néanmoins que les jeux violents peuvent entraîner une augmentation passagère des pensées ou comportements agressifs.

Il m'arrive de faire des parties de *FIFA* sur smartphone avec mon fils aîné, un jeu vidéo de football auquel je jouais adolescent, et cette activité est un vrai moment de complicité entre nous. Au-delà de la pratique du jeu, on profite de l'instant pour échanger autour de notre culture footballistique, commenter les performances des joueurs, et je revis avec lui mes émotions de jeunesse. Le jeu est ici un prétexte pour passer du temps ensemble autour d'une passion commune et une occasion de s'intéresser l'un à l'autre. Pourtant, j'ai vite remarqué que son désir d'ouvrir cette application était moins motivé par la pratique du football virtuel que par l'obtention d'« objets récompenses ». En effet, chaque victoire offre au joueur une pochette surprise virtuelle qui contient pièces, cartes, et autres cadeaux. Les parties de foot deviennent secondaires, et ce qui compte pour lui est la recherche de gratifications. L'application utilise la stratégie des « récompenses aléatoires », une technique sur laquelle nous reviendrons plus en détail. Cette technique est largement employée dans les jeux gratuits sur smartphone, tels que *Brawl Stars* ou *Fortnite*, afin de capter l'attention et générer le maximum de rentabilité avec de la publicité ciblée. Je dois à chaque occasion essayer de le faire réfléchir à ces mécanismes addictifs similaires aux jeux d'argent qui n'ont plus rien à voir avec du foot en ligne. Morale de l'histoire : pour vivre une expérience vidéoludique de qualité avec ses enfants, il est préférable de faire appel à des jeux payants sur console et s'épargner ainsi tout parasitage toxique lié à la gratuité.

Comprendre nos vulnérabilités pour mieux se préserver

La communauté scientifique met en lumière les nombreux mécanismes déployés par les plateformes pour rendre l'utilisateur le plus captif possible, provoquant souvent un « usage problématique ». Ces techniques de « captologie » sont bien documentées, et il est primordial de savoir les identifier. Il faut accepter l'idée que nous sommes vulnérables avec un rapport de forces déséquilibré : d'un côté un cerveau humain faillible et de l'autre une armée d'ingénieurs, de designers et de neuropsychologues qui mettent leur expertise au service d'une économie de l'attention pour satisfaire des annonceurs avides de nos données personnelles. La plupart des techniques de captation ont été conçues dans un laboratoire de l'université implantée au cœur de la Silicon Valley, le « Stanford Behavior Design Lab ».

Pour une analyse éclairée de la situation, nous devons distinguer les utilisateurs passifs qui représentent la grande majorité des usagers, des utilisateurs actifs qui publient régulièrement sur les réseaux et qui sont les plus exposés aux mécanismes d'emprise. Lorsque nous livrons du contenu, nous sommes soumis aux « récompenses aléatoires » : ouvrir l'application d'un réseau, c'est s'offrir le frisson de la surprise et stimuler la dopamine, un neurotransmetteur-clé dans la motivation et la sensation de plaisir. Le règne de la « récompense variable » a été théorisé par le psychologue américain Burrhus Frederic Skinner dans les années 30 [1]. Pour l'une de ses expériences, il enferme dans une chambre d'essai des rongeurs disposant dans une première phase d'un bouton permettant la distribution automatique de nourriture. Dès cette compréhension acquise par l'animal, le rongeur se maîtrise et n'appuie que lorsqu'il a faim. D'une certaine manière, il a pris le

1. Saul McLeod, « B.F. Skinner: Operant Conditioning », *Retrieved*, septembre 2007.

contrôle de la machine. Dans une autre phase, ce même bouton délivre tantôt de nombreuses victuailles, parfois uniquement quelques aliments, et dans certains cas rien du tout. Le rongeur finit par être totalement dépendant de ce mécanisme aléatoire. Stimulé par la perspective d'une récompense, il n'arrive pas à se décrocher du bouton. La faim devient même secondaire et le rongeur aveuglé par ce processus de dépendance se retrouve asservi à la machine.

L'utilisateur est ainsi « hameçonné », pris par le design des plateformes. Depuis que Frances Haugen, une ancienne employée de Facebook, a rendu publics en 2021 des documents internes, nous savons que la plateforme a sciemment utilisé ces techniques comportementales pour « accrocher » les jeunes et notamment les adolescents en pleine construction identitaire. L'adolescence est aussi une période durant laquelle les jeunes sont confrontés à de nombreux changements, pressions et défis, un moment où peuvent apparaître les premières manifestations de l'anxiété et de la dépression.

Publier un contenu, c'est plonger dans une mer d'expectatives et d'incertitudes, suspendu à la bouée de l'attente des likes et des commentaires, signatures d'une validation sociale tant convoitée. Partagez un instant de vacances et vous verrez surgir une étrange obligation : tenir sa petite audience informée jour après jour. Le piège se referme. Tout en scrutant nerveusement les vues de sa story, nous sommes déjà en train de composer mentalement la prochaine photo, prisonnier d'un récit chronophage. Ces contenus éphémères jouent aussi sur le faux sentiment d'urgence qu'induit la rareté : si je ne regarde pas tout de suite où mon amie se prélasse en Grèce, l'instant disparaîtra et sera perdu à jamais, c'est le FOMO.

L'universitaire américain Jonathan Haidt, spécialiste en psychologie sociale, décrit bien ce processus. Il prend l'exemple d'une adolescente en train d'essayer de se concentrer sur ses devoirs, celle-ci n'a même plus besoin de notification pour être attirée sur Instagram : « Alors qu'elle est en train de relire un passage difficile dans son manuel scolaire, une pensée lui traverse l'esprit : je me demande si quelqu'un a aimé la photo que j'ai postée il y a vingt minutes. Une échappatoire attrayante se présente à sa conscience (étape 1). Elle s'efforce de résister à la tentation et de rester concentrée sur ses devoirs, mais la seule pensée d'une récompense possible suffit à libérer un peu de dopamine et à éveiller en elle le désir d'aller immédiatement sur l'application. Elle l'ouvre (étape 2) et s'aperçoit que personne n'a liké ou commenté sa publication. Même si elle est déçue, son cerveau irrigué de dopamine continue d'espérer une récompense. Elle commence donc à consulter ses autres publications ou ses messages, ou tout ce qui prouve qu'elle importe à quelqu'un, ou encore tout ce qui peut la distraire facilement, et elle finit par trouver son bonheur (étape 3). Tout en déroulant son fil d'actualité, elle laisse des commentaires à ses amis. Bingo, une copine lui rend la pareille en likant son dernier post. Une heure plus tard, l'adolescente retourne à ses révisions, vidée et moins apte à se concentrer [1]. » Tout comme cette adolescente, l'appel de la dopamine propre aux réseaux sociaux nuit activement à ma productivité, lorsque toutes mes applications sont ouvertes juste à côté de mon document de travail, j'ai tendance à fuir l'effort pour m'offrir des shoots de likes. À la fin de la journée, ces petites évasions pèsent lourd sur ma concentration. J'ai beau en avoir conscience, je n'en reste pas moins victime. La lucidité m'oblige maintenant à réfléchir plusieurs fois avant de publier un contenu ; ce post est-il vraiment nécessaire ? Cette publication sur les réseaux mérite-t-elle le temps perdu à scruter ces réactions ? Si nous sommes honnêtes, les réponses à ces questions sont rarement positives.

Autre technique de captologie, le défilement infini du « bol sans fond » qui souligne la manière dont le fil sans fin des réseaux sociaux attise notre curiosité, notre désir de connexion et de nouveautés, sans jamais permettre un sentiment d'accomplissement ou de satiété. Le défilement infini élimine les pauses

1. Jonathan Haidt, *Génération anxieuse*, Les Arènes, 2025, p. 159.

naturelles, là où un film se termine au générique de fin, un article à la signature du journaliste, un livre à sa dernière ligne. Le fil des réseaux embarque l'utilisateur dans les profondeurs abyssales où il est si facile de perdre pied. L'enchaînement automatique des vidéos participe de la même technique : noyer le spectateur dans un flot continu pour l'empêcher de réfléchir au temps qui s'écoule. La mise en avant de vidéos courtes et émotionnellement percutantes capte notre attention en flattant nos instincts et biais cognitifs. Ces contenus agissent comme des bonbons virtuels, irrésistibles et toujours à portée de main, nous incitant à consommer sans modération. Grignoter sans faim, sans fin.

Les enfants et adolescents sont particulièrement exposés aux risques de dépendance, leur système de régulation émotionnelle et de contrôle de l'impulsivité est encore en développement. Une surexposition à ces stimuli dopaminergiques peut entraîner des difficultés à maintenir leur attention. Une réduction de la capacité à s'engager dans des tâches longues ou complexes et un besoin constant de gratifications instantanées.

La *gamification* (« ludification » en français) transforme la sociabilité en compétition, à l'instar des « flammes » de Snapchat. Ces dernières sont des récompenses symboliques qui apparaissent lorsque deux utilisateurs échangent quotidiennement et régulièrement des snaps (photos ou vidéos). Conçue pour encourager une utilisation régulière, cette fonctionnalité transforme les interactions sociales en jeu, mais peut aussi engendrer de graves problèmes. Elle peut générer une pression sociale importante, transformant une fonctionnalité ludique en source d'émotions et de comportements compulsifs. Un jour sans envoi de snaps entre deux personnes fait disparaître les flammes. Avant que cela ne se produise, Snapchat affiche une alerte : un petit sablier s'affiche à côté des flammes pour indiquer que la série est sur le point de s'interrompre.

Une des amies de notre fille, privée de téléphone pendant quelques jours, a ainsi perdu toutes ses flammes. Elle l'a vécu comme un véritable drame, un capital social volatilisé en un clin d'œil, réduit en fumée par l'implacable temporalité du réseau. Cette anecdote, en apparence futile, en dit long sur la valeur que de nombreux jeunes accordent à ces symboles. Les flammes incarnent des liens, des efforts partagés, une constance. Les perdre, c'est rompre un fil, tomber dans le vide social et se retrouver seul en pleine mer. L'occasion de se questionner avec nos enfants, sur la conception de l'amitié sous-tendue par Snapchat qui l'envisage avant tout sous le prisme de la dépendance et de la quantité.

Les réseaux sociaux : un amplificateur de la détérioration de la santé mentale des jeunes

Le centre de recherche américain Pew Research Center a réalisé un sondage auprès de 1 500 parents et enfants pour leur demander s'il était plus difficile ou plus facile d'être un adolescent en 2024 par rapport à il y a 20 ans. 69 % des parents ont déclaré que c'était plus difficile en plaçant l'impact des réseaux sociaux en tête des facteurs explicatifs. Voici un extrait du verbatim d'un parent : « Les réseaux sociaux sont un fléau pour la société, en particulier pour les adolescents. Ils ne peuvent échapper aux pressions sociales et sont constamment bombardés d'images et de contenus qui les rendent anxieux et imparfaits, créant ainsi un stress excessif auquel ils ne peuvent échapper. »[1] Du côté des adolescents, la réponse est légèrement plus nuancée : 44 % pensent que c'est plus difficile, 29 % n'en sont pas certains, 15 % considèrent que c'est équivalent, tandis que 12 % déclarent que c'est plus facile en mettant également en avant le rôle de la technologie. Pour ces deux groupes d'âge, la pièce maîtresse des changements de perception est la technologie.

La thématique de la santé mentale s'est imposée dans le débat public après la crise du Covid. Les confinements successifs ont amplifié l'usage des

1. Favierio M., Gottfried J., Radde K., Baronavski C., Atske S., « Why Many Parents and Teens Think It's Harder Being a Teen Today », *Pew Researcher Center.*

écrans qui sont devenus lors de cette période d'isolement un remède pour maintenir le lien social, mais aussi un poison en amplifiant leur usage. La plateforme TikTok a profité de cette fenêtre d'opportunité pour conquérir de nouveaux utilisateurs grâce à la puissance d'un algorithme toxique. L'algorithme a aussi tendance à favoriser les clivages en polarisant les opinions, créer de l'engagement pour maximiser le temps d'attention. La nuance et la tempérance ne sont pas de saison, ils prolongent l'effet « *rabbit hole* », référence à *Alice aux pays des merveilles*, l'œuvre de Lewis Caroll. Les algorithmes de recommandation nous abreuvent de contenus similaires et nous plongent dans un tunnel (terrier de lapin) infini qui nous mène bien souvent vers les abîmes. Nous pensons prendre notre smartphone en quête d'une information rapide et nous relevons les yeux une demi-heure plus tard en ayant l'impression d'être restés cinq minutes. Cela fait écho au philosophe Henri Bergson qui établit une distinction entre deux conceptions du temps : le temps des horloges et celui de la « durée vraie ». La première est objective, uniforme et mathématique, elle est découpée en intervalles réguliers et mesurables. La deuxième est vécue subjectivement par notre conscience, le temps est irrégulier, s'écoulant plus ou moins rapidement selon les rythmes biologiques et psychologiques propres à chaque individu. Bergson considère cette durée comme le temps authentique, celle qui échappe à la mesure précise, car elle est fondamentalement subjective et qualitative [1].

Le *« doomscrolling »* (défilement morbide) a également gagné du terrain chez les jeunes pendant le Covid. Ce terme décrit une tendance compulsive à parcourir un fil d'information anxiogène sans pouvoir s'en détacher. Séverine Erhel pense que même si les informations sont irritantes, décourageantes ou déprimantes, nous restons absorbés par les biais de négativité qui reflètent notre propension à accorder plus d'importance aux informations négatives qu'aux informations positives [2].

L'ensemble de ces mécanismes, entretenus par les plateformes qui se disputent notre attention, a évidemment des effets délétères sur notre moral et l'estime de nous-mêmes. Santé publique France a publié en avril 2024 les résultats de son enquête nationale en collèges et lycées chez les adolescents (EnCLASS). L'étude, conduite à partir de données recueillies en 2022 auprès de près de 10 000 élèves du secondaire, montre que les collégiens et lycéens ont connu une nette dégradation de leur santé mentale entre 2018 et 2022. Une dégradation marquée chez les jeunes filles, qui sont encore plus soumises aux injonctions. La psychologue Susan

1. Henri Bergson, *Essai sur les données immédiates de la conscience*, Felix Alcan, 1889.

2. https://www.radiofrance.fr/franceculture/podcasts/votre-cerveau/doomscrolling-quand-vous-etes-piege-dans-un-fil-d-informations-anxiogenes-7506965.

Fiske qualifie les êtres humains de « machine à se comparer » et estime que le statut social des jeunes filles dépend davantage de leur beauté et de leur sex-appeal [1]. De nombreux indicateurs montrent également que les adolescentes sont davantage exposées au cyberharcèlement que les garçons.

Il serait tentant d'expliquer l'érosion de la santé mentale des jeunes par la seule augmentation de leur usage des réseaux sociaux. Et même si certains chercheurs, tels que Jonathan Haidt [2], l'affirment dans leurs conclusions en croisant de nombreuses données, ce n'est pas tout à fait l'avis de la dizaine d'experts pluridisciplinaires de la « commission écrans » : «[L]es études scientifiques manquent aujourd'hui pour établir un lien de causalité entre ces réseaux et le bien-être mental des jeunes, d'autant que ce bien-être mental est toujours multifactoriel et dépend de facteurs individuels, familiaux et environnementaux. Toutefois, la Commission considère que les éléments sont suffisants pour indiquer qu'une consommation excessive des réseaux sociaux constitue un facteur aggravant de risque pour les jeunes présentant des vulnérabilités [3]. »

L'interdiction des réseaux sociaux avant un certain âge est en réflexion dans de nombreux pays européens.

---

1. Susan T. Fiske et Hazel Rose Markus, *Facing Social Class: How Societal Rank Influences Interaction*, 2012.
2. Jonathan Haidt, *op. cit.*
3. https://www.elysee.fr/emmanuel-macron/2024/04/30/remise-du-rapport-de-la-commission-dexperts-sur-limpact-de-lexposition-des-jeunes-aux-ecrans.

Le Parlement australien a franchi ce pas en 2024 en interdisant son accès aux moins de 16 ans. Il s'agit de l'une des mesures les plus strictes avec celle de la Chine qui restreint l'accès aux réseaux pour les mineurs depuis 2021. La loi chinoise impose aux moins de 18 ans de couper Internet sur leur smartphone entre 22 heures et 6 heures du matin et limite à quarante minutes la durée de jeu en ligne quotidienne pour les moins de 14 ans. Si le régime chinois peut procéder sans entrave au contrôle des pièces d'identité des mineurs, la vérification d'âge serait plus complexe à mettre en œuvre dans les démocraties occidentales où les dispositifs de contrôles techniques restent encore à préciser et les libertés individuelles à préserver.

En France, la « commission écrans » milite pour n'autoriser l'accès des adolescents de moins de 15 ans qu'aux seuls réseaux sociaux éthiques. Ces mesures de restriction complexes à mettre en place techniquement auraient au moins le mérite de renforcer l'autorité parentale, car beaucoup de parents se sentent démunis face à la gestion et le contrôle du temps passé sur les réseaux par leurs enfants, un dispositif législatif donnerait du poids et du crédit à leurs argumentaires.

La question de l'interdiction des réseaux aux mineurs est un sujet éminemment politique, il fait l'objet de débats et nous confronte à un dilemme. En tant que journaliste, François a plutôt tendance à y être opposé (peut-être par principe) en misant avant tout sur l'intelligence de l'usager afin de réguler ses pratiques. De manière pragmatique, il a du mal à voir comment une loi peut contraindre toute une population à abandonner une habitude si ancrée, car ces plateformes sont aussi des terrains d'expériences et d'expression nécessaires à cet âge. Nous savons que le propre de l'adolescence, c'est d'être à un endroit où les adultes ne sont pas, et si les réseaux sont fermés, ils trouveront d'autres espaces. Cette mesure coercitive a tendance à stigmatiser les comportements des jeunes qui n'ont pas besoin de cela. Mais étant bien informés sur les dysfonctionnements de ces acteurs plus soucieux de leurs chiffres d'affaires que de la santé mentale de leurs utilisateurs, les parents que nous sommes auraient tendance à les interdire par précaution. Ce qui nous réconcilie, c'est la conviction que toute volonté d'interdiction doit impliquer une politique éducative ambitieuse pour favoriser l'intelligence des adolescents et éveiller leur esprit critique face aux dangers des réseaux sociaux.

Kit de survie pour notre attention

En tant qu'adultes, pour ne pas chavirer dans les eaux piégeuses des réseaux sociaux, nous pourrions évidemment décider de les fermer et apprendre à vivre de nouveau sans eux, mais cette privation aurait un coût professionnel, ludique et social très important. Ne sous-estimons pas les avantages que nous prenons à découvrir instantanément des informations venues du monde entier, à nourrir toutes nos curiosités ou à écouter le témoignage de personnes que nous n'aurions jamais eu l'opportunité de rencontrer dans la vie physique. Les réseaux procurent une extraordinaire et inédite possibilité d'accès à l'information et d'interconnexion. Ainsi de nombreuses personnes atteintes de maladies graves les utilisent comme source de soutien, d'entraide et de réconfort. Ils deviennent des lieux de partage d'expériences, et les écrans offrent aussi une protection. Ils sont à bien des égards des refuges pour de nombreuses communautés fragilisées dans l'espace public et qui trouvent sur les réseaux des lieux sécurisés pour libérer une parole. Pour reprendre le terme forgé par la philosophe féministe Nancy Fraser, les réseaux sociaux peuvent être des « arènes subalternes » et « des contre-espaces » nécessaires pour panser les discriminations et faire exister le débat [1].

Si les architectes des réseaux sociaux ne nous laissent qu'une faible marge de manœuvre pour agir sur leurs interfaces opaques, nous pouvons néanmoins adopter quelques réflexes de survie afin de préserver notre attention. Le premier consiste à désactiver nos notifications, ces alertes rouges qui s'imposent dans notre quotidien sont en effet des tentations permanentes. L'art de vivre en milieu amphinétique, c'est conserver son libre arbitre et le pouvoir de décider quand nous

1. Éric Fassin, « L'Irruption des contre-publics », AOC, 13 février 2018.

avons envie de nous immerger et de mettre à distance ces invitations constantes. Nous devons également nous demander pourquoi nous nous baignons : qu'attendons-nous de cette nage ? Toujours questionner notre intention. Essayons de nous retenir d'utiliser les réseaux sociaux pour combler chaque interstice de la vie, chaque temps mort, ou répit.

Nous devons apprendre à analyser les raisons profondes de notre réflexe de publication, pourquoi partager cette photo de vacances au bord d'une piscine ? Si ce n'est que l'assouvissement d'une pulsion narcissique destinée à dire aux autres que nous nageons dans le bonheur, alors épargnons-nous un geste autocentré et l'attente chronophage de sa validation sociale.

Une fois dans l'eau, une manière de maîtriser davantage les contenus proposés est d'essayer de dompter l'algorithme, même si là encore notre marge de manœuvre reste faible. Nous pouvons par exemple choisir l'affichage chronologique du fil des contenus en renonçant à l'affichage « pour toi » qui renforce les bulles d'enfermement. Nous devons être sélectifs et nous abonner aux seuls comptes qui nous intéressent et bloquer les toxiques, et basculer notre profil en mode privé si nous souhaitons conserver la maîtrise de notre communauté. Pour ses adolescents, s'assurer qu'ils disposent d'un compte paramétré « ado », une fonction sur Instagram pour les jeunes de moins de 16 ans qui contrôle le temps d'usage, restreint les interactions, active le mode privé par défaut et limite l'exposition aux contenus sensibles avec une modération renforcée. TikTok a proposé en mars 2025, des mesures similaires. Malgré ces timides prises de conscience, nous devons être lucides et acter que les plateformes ne changeront pas leur mode de fonctionnement ni leur modèle d'affaires.

Ne plus rien attendre des plateformes !

Pour faire la paix avec les réseaux sociaux, il ne faut pas être dupe et savoir en qui nous pouvons avoir confiance. Il est illusoire d'accorder aux dirigeants de ces plateformes le moindre crédit. Mark Zuckerberg a passé la dernière décennie à s'excuser devant les parlementaires de tous les pays et promettre de mieux faire pour assainir son réseau. Meta n'est guidé que par ses intérêts commerciaux et ceux de ses actionnaires ; il n'a que faire du bien-être de ses utilisateurs tant que ceux-ci sont assez nombreux pour faire tourner la machine. L'idéologie de la performance à tout crin est commune à toutes les plateformes de X à TikTok en passant par Snapchat. Après tout, pourquoi attendre autre chose des multinationales ultracapitalistes que la recherche du profit au mépris de l'éthique et du bien-être ?

Tant que ces entreprises fonctionneront sur l'économie de l'attention, les algorithmes seront conçus pour augmenter la viralité des contenus au détriment des usagers, en provoquant la désinformation et en laissant se déverser des contenus violents, pornographiques ou nocifs. Le sociologue Dominique Boullier analyse le mécanisme qui mène à la désinformation et le compare à la propagation d'un virus et d'une cellule souche prospérant dans le bain bouillonnant des réseaux sociaux [1]. Il décrit la chaîne de la propagation avec, pour commencer, un hébergeur qui déploie un design algorithmique maximisant la captation de notre attention, puis les médias de masse qui dupliquent ces modalités pour rester dans le circuit, engendrant une uniformisation des contenus. Nous connaissons les formats : vidéos courtes, tweets accrocheurs, titres simplificateurs. Pour casser cette spirale infernale, le sociologue recommande de s'inspirer du Code de la route en mettant en place des « régulateurs de vitesse mentale collective. » Il propose la création obligatoire d'un tableau de bord de notre activité numérique pour que l'utilisateur prenne conscience de la viralité de son activité en ligne, et qu'elle soit par exemple limitée à un post par jour pour redonner de la valeur aux échanges. Pour lui, cette mesure permettra de basculer notre système cognitif sur le mode « décision », et sortir du mode « alerte/réaction ».

Il appelle également à la création d'instances de régulation qui seraient en mesure de fixer un seuil

1. Dominique Boullier, *Propagations. Un nouveau paradigme pour les sciences sociales*, Armand Colin, 2023.

maximal de réactivité et de sanctionner les acteurs lorsque la limite est dépassée.

Dominique Boullier milite, comme d'autres au changement de statut des réseaux sociaux afin qu'ils ne soient plus considérés comme des hébergeurs mais bien des éditeurs [1]. Le refuge du statut d'hébergeur leur permet de s'affranchir de toute obligation, car ils ne sont pas considérés comme juridiquement responsables des contenus qu'ils font circuler, à l'inverse des médias traditionnels. Cette exception leur a permis de continuer à se développer en dépit des nombreuses critiques.

La philosophe Anne Alombert appelle pour sa part, à l'image de la presse et des médias, à un « pluralisme algorithmique » afin de sortir de la dictature des plateformes qui imposent à tous ce qu'il serait bon de voir [2]. La bonne nouvelle est que des modèles éthiques existent, comme celui de l'association Tournesol fondée en 2021 par le mathématicien Lê Nguyên Hoang [3]. Le dispositif technique de son application « tournesol.app » développe des algorithmes de recommandations collaboratives dont l'objectif n'est pas de mettre en avant les contenus les plus vus, mais ceux qui sont censés avoir la plus

1. Dominique Boullier, *op. cit.*
2. Anne Alombert, *op. cit.*
3. https://tournesol.app/about.

grande utilité pour les utilisateurs au regard de critères considérés comme pertinents.

La troisième décennie des réseaux sociaux s'ouvre dans l'obscurité avec le retour au pouvoir de Donald Trump. Les grands patrons de la Tech, de Sundar Pichai (Google) à Jeff Bezos (Amazon), en passant par Mark Zuckerberg, sont à ses côtés, bien décidés à éviter tout ce qui pourrait les contraindre. Dans la foulée de l'arrivée de Donald Trump à la Maison Blanche, Facebook a stoppé aux États-Unis son programme de *fact checking*, soit le recours à des journalistes extérieurs pour vérifier les contenus suspects. Les politiques de diversité et d'inclusion en matière de ressources humaines ont aussi été suspendues chez Google. Ces milliardaires ne s'embarrassent plus de faux-semblants et exercent désormais la loi du plus fort, un *« too big to jail »*, soit développer une entreprise assez puissante pour éviter toute condamnation. Ce nouveau technopouvoir embrasse l'idéologie libertarienne où l'État doit être réduit à peau de chagrin. L'espoir réside désormais sur le continent européen, garde-fou imparfait d'un océan numérique plus navigable.

Cap vers une régulation européenne forte et effective

Dans les chapitres précédents, nous avons suggéré quelques pistes pour parvenir à surnager dans les eaux empoisonnées des réseaux. Au-delà de la prise de conscience individuelle, nous avons également besoin d'actions collectives. L'Union européenne œuvre dans ce sens et deux règlements majeurs ont ainsi été adoptés en 2022 : le Digital Markets Act (DMA) et le Digital Services Act (DSA). Ils visent en substance à préserver les droits des consommateurs, sanctionner les positions monopolistiques, lutter contre la désinformation et renforcer la transparence algorithmique. Ces textes législatifs, complexes à mettre en œuvre, se heurtent à l'accélération technologique, le temps juridique étant par nature à la traine des innovations numériques. Nous avons à peine compris les effets du Web2 – celui des réseaux sociaux – que l'IA générative impose déjà ses défis. En théorie, les grandes plateformes doivent se plier aux nouvelles obligations réglementaires si elles veulent continuer à opérer sur le marché européen et accéder à ses quelque 450 millions de consommateurs.

Cette démarche d'encadrement des plateformes est louable car elle commence déjà à porter ses fruits. En avril 2024 TikTok Lite a été abandonnée par la plateforme chinoise pour se conformer au Digital Services Act. Cette option encourageait le temps passé sur l'application en récompensant ses utilisateurs par des points lorsqu'ils regardaient des vidéos et invitaient des amis à rejoindre le service. Les points accumulés pouvaient ensuite être convertis en bons d'achat Amazon. Autant parler d'un programme diabolique destiné à rendre le jeune utilisateur le plus captif possible.

La Commission européenne a aussi lancé des enquêtes contre le réseau X, soupçonné de répandre des informations illicites et ainsi de manipuler le débat public en Europe. Elle a également infligé une amende de 798 millions d'euros à Meta pour abus de position dominante. Certains pourraient rétorquer que ce montant ne représente qu'une goutte d'eau pour la firme américaine, mais cette action conforte le mouvement de fermeté, même si ce cap réglementaire est de plus en plus contesté depuis l'arrivée de Donald Trump. L'Europe est à un moment charnière dans son rapport de force avec les géants américains du numérique. La création d'un réseau social européen est une idée soutenue entre autres par Yãnis Varoufakis, l'ancien ministre des Finances grec qui plaide pour un « Airbus des réseaux sociaux européens », une alliance des nations pour bâtir un concurrent crédible aux acteurs sino-américains. Ce projet ambitieux semble malheureusement aussi séduisant qu'illusoire. Faute de pouvoir à court terme créer une plateforme éthique, l'Union européenne doit saisir l'occasion d'imposer ses règles et valeurs pour transformer ses garde-fous législatifs en avantage comparatif pour l'utilisateur et appliquer ses règlements coûte que coûte.

Comment sortir de la captivité des réseaux ?

En janvier 2025, en lien avec l'investiture de Donald Trump, des chercheurs du CNRS et des associations comme La Quadrature du Net ont lancé l'opération « HelloQuitteX » pour encourager à un exode du réseau X vers un autre réseau social (Bluesky, Mastodon…) jugé plus éthique. Cette initiative citoyenne a rencontré un large écho médiatique et des appels à une traversée similaire ont été lancés en Allemagne, en Italie et en Espagne. HelloQuitteX propose un accompagnement technique aux utilisateurs en offrant des solutions rapides pour demander une archive de vos données X, et vous aide à opérer votre migration numérique tout en retrouvant ailleurs abonnés et abonnements. Cette action s'inscrit dans la portabilité des données, un droit garanti par le DMA et qui permet à l'usager d'exiger à la plateforme la récupération de ses données d'activité. Un droit incomplet pour le secrétaire général du Conseil national du numérique (CNNum), Jean Cattan, qui considère qu'un réel processus de portabilité doit être indolore pour l'utilisateur alors qu'aujourd'hui il repose intégralement sur ses épaules.

L'objectif est d'éviter les « coûts de sortie » pour l'utilisateur. Vous avez passé plusieurs années à entretenir une communauté, vous avez donné de votre temps, dépensé de l'énergie pour produire des contenus, vous avez noué des relations ; quitter brutalement ce réseau représente donc un réel abandon, une énorme concession pour l'utilisateur investi. Un dilemme qui vaut aussi pour les médias qui ne sont pas en accord avec les valeurs de X, mais qui peinent à franchir le pas de peur de perdre une audience durement gagnée au fil des années. Même situation problématique pour une personne victime de cyberharcèlement ; elle reste souvent malgré elle sur cette plateforme toxique car, c'est son lieu de sociabilité, de plaisirs, et éventuellement d'enjeux professionnels. L'utilisateur malmené est comme en captivité dans ces eaux infectées.

Il y a néanmoins une solution pour franchir les barrières imposées par les plateformes : garantir l'interopérabilité (la capacité de différents systèmes, logiciels à communiquer, échanger et utiliser facilement des données entre eux). Ce droit permettrait de passer d'un réseau social à un autre de manière fluide. Vous n'aimez plus Facebook, Instagram, ou X, vous pouvez basculer ailleurs en conservant votre « capital social ». L'interopérabilité n'est qu'une hypothèse dans le règlement européen, mais nous appelons à ce qu'elle soit mise en place en priorité. Dans l'histoire des technologies, nous en avons déjà bénéficié, à l'exemple de nos SMS qui sont lisibles par tous les opérateurs ou des fichiers de traitement de texte qui se lisent sur Mac ou PC. Nous pouvons également conserver notre numéro de téléphone personnel en cas de changement d'opérateur. Toutes ces possibilités ne coulaient pas de source, c'est la réglementation qui a permis de les garantir.

La faculté de migrer sans perte d'un espace à l'autre obligerait les géants du secteur à être plus attractifs et donc respectueux. Ce droit ouvrirait une saine concurrence pour permettre à de nouveaux entrants d'émerger sans subir les effets des réseaux. Une approche éthique des réseaux sociaux pourrait ainsi devenir un avantage comparatif.

Cap vers des réseaux sociaux de proximité

L'une des causes majeures de la toxicité des réseaux sociaux est leur gigantisme, trois milliards d'utilisateurs sont sur Facebook, plus d'un milliard et demi sur TikTok. Aucun service de modération, assisté ou non par l'intelligence artificielle, ne peut modérer autant de contenus. Lorsque Mark Zuckerberg a lancé depuis sa chambre universitaire de Harvard les bases de son réseau, pouvait-il imaginer un tel raz-de-marée ? Peut-être faut-il revenir aux réseaux de proximité.

L'État du Vermont est depuis quelques années le terrain d'une expérience réussie avec le Front Porch

Forum (FPF) qui revendique près de 240 000 utilisateurs actifs, soit la moitié de la population adulte de cette région. Sur ce réseau social s'échangent au quotidien des petites annonces, des informations locales, des réflexions sur le destin du territoire, des pétitions, des poèmes. Le réseau n'existe qu'à l'intérieur des frontières du fief de Bernie Sanders, et il n'expose que les publications relatives au quartier ou à la ville de l'utilisateur. Les informations ne s'actualisent qu'une fois par jour et ne peuvent être likées pour éviter toute dérive égocentrée. Pour briser le circuit de la viralité, vous pouvez commenter une publication, mais votre message ne s'affichera que vingt-quatre heures plus tard et dans un espace distinct ; une mesure qui plairait à Dominique Boullier qui milite pour ralentir la circulation de nos échanges afin d'éviter les dérapages [1]. Une équipe de quatorze modérateurs officie pour relire chaque publication et proscrire ce qui pourrait ressembler à des attaques personnelles ou des invitations à des actes sexuels ou illégaux. L'identité des utilisateurs est désormais révélée, ce qui encourage le respect des règles élémentaires de politesse.

Sur FPF pas de « bol sans fond » ni d'algorithme, les contenus ne sont pas infinis et tout est visible par ordre chronologique. Le modèle économique choisi pour faire vivre la trentaine de salariés est celui des

1. Dominique Boullier, *op. cit.*

dons et de la publicité. D'après une étude de l'université du Texas, 80 % des utilisateurs de FPF considèrent que les gens se traitent de manière humaine sur ce réseau, alors qu'ils ne sont que 20 % à le penser à propos de Facebook [1].

Ce réseau de proximité permet une baignade dans une eau saine et maitrisée. Et pour qu'elle le reste, les fondateurs ne souhaitent pas étendre ses frontières au-delà du Vermont. FPF n'est pas un cas isolé et l'entreprise Nextdoor développe des services similaires dans plusieurs pays, dont la France depuis 2018. Le site d'informations locales et d'entraides de voisinage a recours à l'IA générative pour déceler les messages contraires à ses valeurs, et un assistant numérique est disponible pour aider l'utilisateur à reformuler son message avec davantage de bienveillance.

Le droit effectif à l'interopérabilité ne pourrait que renforcer les initiatives de ce genre, la proximité, et les circuits courts de la sociabilité. Le ralentissement de la circulation des échanges est une des pistes vertueuses pour profiter du meilleur d'un réseau social. Ces mesures s'inscrivent parfaitement dans la recherche d'un art de vivre dans un monde amphinétique.

---

1. Rafael Miró, « Dans le Vermont, le réseau social ultra-local aussi populaire que Facebook », *Le Monde.fr*, 23 février 2025.

En résumé

- En une décennie, l'euphorie initiale des réseaux sociaux s'est transformée en désenchantement. Ce qui apparaissait comme une conquête de liberté est devenu un terrain miné.

- Le ressenti « d'addiction » n'est pas un échec individuel. Les plateformes exploitent nos failles psychologiques : besoin de reconnaissance, peur de manquer, impulsivité. Tout est pensé pour capter notre attention, nous faire liker, scroller et revenir.

- Les jeunes en paient le prix fort. Les réseaux sociaux aggravent ce qui est déjà fragile – anxiété, troubles du sommeil, perte de l'estime de soi du fait de mécanismes de comparaison incessante.

- Un kit de survie de préservation de l'attention : désactiver les notifications, limiter le temps d'écran, trier les contenus, choisir les espaces qui nous respectent.

- Ne plus rien attendre des plateformes. Tant qu'elles resteront juges et parties, l'autorégulation ne sera pas suffisante. Il faut exiger une régulation européenne forte. Une reprise en main politique d'un espace devenu trop central pour être laissé aux seuls intérêts privés.

- Une piste concrète : le droit à l'interopérabilité. Pouvoir quitter une plateforme sans perdre ses contacts ni ses contenus. Favoriser l'émergence de réseaux sociaux de proximité et éthiques.

Parents, enfants : comment grandir ensemble avec les écrans ?

« Les parents sont des funambules. On marche sur un fil tendu entre le trop et le pas assez, un colis fragile entre les mains. Il faut être attentif, mais ne pas laisser croire à notre enfant qu'il est le centre du monde ; il faut lui faire plaisir sans qu'il devienne blasé ; il faut équilibrer son alimentation sans le priver ; il faut lui donner confiance, mais qu'il reste humble ; il faut lui apprendre à être gentil, mais à ne pas se laisser faire ; il faut lui expliquer les choses, mais pas se justifier ; il faut qu'il se dépense et qu'il se repose ; il faut qu'il apprenne à aimer les animaux, mais à s'en méfier ; il faut jouer avec lui et le laisser s'ennuyer ; il faut lui apprendre l'autonomie tout en étant présent ; il faut être tolérant mais pas laxiste ; il faut être ferme mais pas rude ; il faut lui demander son avis, mais pas le laisser décider de tout ; il faut lui dire la vérité sans atteindre son innocence ; il faut l'aimer sans l'étouffer ; il faut le protéger, mais pas l'enfermer ; il faut lui tenir la main tout en le laissant s'éloigner. »

Virginie Grimaldi, *Il est grand temps de rallumer les étoiles*, 2018.

Ce soir-là, avant que la fête ne commence, on les avait prévenus : on ne céderait pas. Ils joueraient, crieraient, sauteraient sur le canapé, mais il n'y aurait pas d'écrans. La soirée débute. Tout va bien, ils rient et courent dans le salon. Nous sommes contents. Un toast, deux toasts… On se laisse emporter par la joie des retrouvailles entre amis, les anecdotes fusent, les éclats de rire montent autant que la musique. C'est à ce moment-là que les premiers assauts arrivent. « On peut regarder un film ? », « Juste un petit dessin animé, promis après on arrête ! » Nous restons fermes : pas ce soir, on les avait prévenus. Ils repartent en grognant, mais on tient bon. Jusqu'à ce qu'ils reviennent. Et cette fois, ce n'est plus une demande, c'est un siège. Ils sont six, une petite armée de visages suppliants, ils insistent, ne lâchent pas. On se sent tanguer. Peut-être que ce sont les deux verres de vin qui commencent à faire flancher nos principes. Le plaisir de poursuivre une conversation entre adultes sans interruption. On résiste pour la forme. Soudain, un écran s'allume. Et dans la seconde, c'est le silence, l'hypnose, l'accalmie. Un silence tellement confortable qu'il en devient coupable. Rien de grave ? Une parenthèse volée à l'agitation qui porte pourtant le goût d'une légère capitulation. Un « juste cette fois-ci » qui s'ajoute à une longue liste de petits renoncements qui nous donne le sentiment de vivre dans un régime de « l'exception permanente » face à nos propres règles. Des règles fragiles face aux petits drames du quotidien, aux jours de pluie, aux salles d'attente, aux longs trajets, aux crises de larmes, aux coups de fatigue, aux *« to-do list »* éternellement inachevées, au besoin d'avoir un moment pour soi.

La gestion des écrans est devenue la principale source de préoccupation pour les parents [1]. Un sur deux ne se sent pas suffisamment accompagné pour encadrer les pratiques numériques de son enfant. Nous sommes la première génération de parents à devoir relever ce défi.

Chaque jour, nous rejouons un numéro d'équilibriste. D'un côté, nous voulons construire des digues pour les protéger de la surconnexion. De l'autre, nous plongeons quotidiennement dans cet océan de promesses, de découvertes et d'informations. Nous tanguons entre la peur des troubles de l'attention, de la sédentarité, de la dépression, de la violence des contenus, et la nécessité, en face, de les laisser se socialiser, de ne pas les marginaliser, de ne pas les priver des savoirs, des plaisirs et de la culture de leur époque. Certains experts martèlent qu'il faut les éloigner des écrans, alors que dans le même temps l'école leur fournit tablettes et espaces numériques de travail. Nous voudrions leur apprendre à développer un esprit critique face à la désinformation, alors que nous peinons nous-mêmes à détecter des techniques de manipulation de plus en plus sophistiquées.

1. Étude « Parents, Enfants et Numérique », Observatoire de la parentalité et de l'éducation au numérique et Union nationale des associations familiales, Ipsos, 2024.

Nous voudrions ralentir, mais le temps, lui, s'accélère. Nous cherchons un phare pour éclairer un chemin par-delà les injonctions contradictoires. Parentalité numérique : un terme qui peut sembler technique ou institutionnel, et bien loin des crises matinales et des négociations pour éteindre la tablette. Pourtant, il nous permet d'explorer la réalité d'un défi quotidien : comment accompagner, protéger, guider, éduquer nos enfants dans ce monde connecté ?

Nous, parents, ne sommes pas seuls à bord. Tout le monde est embarqué : les plateformes, les pouvoirs publics, les médias. Chacun porte une part de responsabilité. C'est rassurant, d'une certaine manière, de se dire que tout ne dépend pas uniquement de nous, même si cela ne nous décharge pas de notre devoir d'engagement.

Ce chapitre explore les bouleversements et les tensions liés à cette nouvelle facette de nos vies de parents. Ce n'est qu'au terme d'une traversée – faite d'enquêtes, d'expériences, de tâtonnements et de doutes partagés entre parents et professionnels – que nous poserons des principes qui nous serviront de boussole, elle tient en un mot : P.L.A.Y. !

P.L.A.Y. est un acronyme :

P pour *part*ager la vie numérique de nos enfants ;

L pour *libérer* du temps sans écran ;

A pour *accueillir* les émotions ;

Y pour *yes or no*, c'est-à-dire poser un cadre clair et évolutif.

Loin des injonctions à « bien faire », ces quatre piliers posent un espace pour penser et agir. Pris séparément, ce sont des repères. Réunis, ils forment un mouvement, une partition à jouer ensemble.

Comment le numérique transforme la parentalité

> *« J'ai un petit garçon de 12 ans. Là, il aborde tranquillement l'adolescence. Ça devient un peu plus tendu. Comme tous les gamins de son âge, il aimerait bien avoir un téléphone. Donc je résiste jusqu'à ce que je ne puisse plus. Vous savez, c'est un barrage contre le Pacifique, on résiste, mais l'eau monte, et on sait qu'on sera emporté. »*
>
> Nicolas Mathieu, interview Lou Média, 11 avril 2025.

Être parent n'est pas un métier avec une fiche de poste. Pourtant, c'est un « vrai » travail longtemps invisibilisé [1]. Au-delà de l'amour, il implique de

1. Comme le soulignent Anne Verjus et Marie Vogel, « la notion de "travail" n'est entrée que tardivement dans le vocabulaire de "l'éducation domestique", sous l'impulsion du courant féministe matérialiste qui, dans les années 70, s'est attaché à sortir l'économie familiale de l'invisibilité. Cette notion de travail est cependant indissociable d'un autre courant qui, dans les années 30, a œuvré dans le sens d'une "éducation des parents", d'une objectivation des "tâches", des gestes et des préoccupations considérés jusqu'alors comme une capacité naturelle de tout

nourrir, éduquer, protéger, organiser la vie familiale. Il nécessite de faire des arbitrages constants, décisifs ou minuscules, sans que l'on sache vraiment lesquels pèseront. Il évolue selon l'âge des enfants, les accidents de la vie, les ruptures, les aléas de la vie professionnelle. Il dépend aussi des autres : de l'autre parent, de la famille, des amis, et de ce que la société autorise ou interdit.

On ne naît pas parent, on le devient. La parentalité désigne l'ensemble des manières d'être et de faire, c'est un processus évolutif engageant des dimensions à la fois matérielles, psychologiques, morales, culturelles et sociales. Le lien de parentalité implique de veiller au soin, au développement, à l'éducation et au bien-être de l'enfant. Une relation qui suppose un ensemble de responsabilités, de droits et de devoirs (moraux, juridiques, éducatifs, affectifs) « exercés dans l'intérêt supérieur de l'enfant et dans le cadre de l'autorité parentale [1] ».

---

adulte en charge d'enfant. Depuis, la notion oscille entre la reconnaissance de cette "activité" comme un "travail en soi" et la tentation toujours présente de faire de cette "compétence" un tremplin de la moralisation/responsabilisation des familles. [...] Si être parent peut ainsi être perçu comme un métier, c'est aussi parce qu'il fait justement l'objet de discours sociaux normatifs (de la mise en ordre religieuse à la "responsabilisation" parentale de sécurité publique) et professionnellement segmentés (de la diététique à la psychanalyse). » https://shs.cairn.info/revue-informations-sociales-2009-4-page-4?lang=fr.

1. Référentiel de soutien et/ou d'accompagnement parentalité de la branche, « Famille : les éléments socles pour accompa-

Depuis une trentaine d'années, le numérique a réécrit les normes du travail parental, il ne se réduit pas à surveiller, il engage notre responsabilité à éduquer nos enfants à un usage équilibré, responsable et sécurisé.

Selon une enquête de l'Union nationale des associations familiales et de l'Observatoire de la parentalité et de l'éducation numérique, près d'un tiers des parents déclare avoir des désaccords au sujet des écrans, et plus d'un tiers prennent des décisions seuls, sans l'accord de l'autre. Dans les familles recomposées, cela peut être encore plus compliqué : les règles peuvent changer d'une maison à l'autre, et les écrans deviennent parfois un refuge pour les enfants, une bouée face aux turbulences familiales.

Le numérique soutient les parents autant qu'il les fragilise. Le terme de *pharmakon* [1], qui désigne à la fois le poison, son remède et un bouc émissaire, éclaire avec acuité ces paradoxes contemporains. Comme remède, le numérique offre des ressources quasi illimitées, des groupes de soutien, des outils pédagogiques innovants, du divertissement, la possibilité de maintenir le lien malgré la distance. Comme poison, il fragmente l'attention, nuit à la

---

gner et/ou soutenir les parents dans l'éducation de leur(s) enfant(s) », CAF, 2025.

1. Notion du grec ancien de Platon repris par Bernard Stiegler, *Ce qui fait que la vie vaut la peine d'être vécue : de la pharmacologie*, Flammarion, 2010.

santé physique et mentale, renforce la surveillance, alimente l'anxiété sociale. Et comme bouc émissaire, il devient la cible de toutes les peurs.

Les médias, quant à eux, raffolent des mauvaises nouvelles : « Héroïne numérique », « Ado accro, parents à cran », « Nouveau fléau sanitaire »... Entre juin 2020 et juin 2022, 85 % des articles dans la presse nationale consacrés aux enfants et aux écrans parlaient de dangers, de risques ou encore d'addiction [1]. Mais ce biais de négativité n'est pas qu'une stratégie éditoriale : c'est une loi humaine. Nous sommes programmés pour repérer le danger.

Si les réseaux sociaux sont devenus l'épicentre narratif de nouvelles normes et pressions parentales – réinventant le mythe de la mère parfaite, exposant un bonheur artificiel sur Instagram et banalisant le « *sharenting* [2] » –, ils propagent aussi une constellation de voix instructives et inspirantes. Des humoristes comme Marine Leonardi ou Diane Segard, par exemple, prennent le contre-pied d'une parentalité héroïque pour révéler, avec humour, les doutes et les ratés du quotidien. Dans cette autodérision salutaire, nous sommes nombreux à trouver du réconfort, voire de la force !

---

1. Victor Garcia et Thomas Mahler, « Enfants et écrans : les médias sont alarmistes, les scientifiques beaucoup moins », *L'Express*, 12 juin 2023.
2. Voir page 88.

Les débats sur l'impact des écrans s'affrontent autour d'un dilemme : observe-t-on des corrélations ou une causalité directe entre usages et effets psychiques ou sociaux ? Les méthodologies scientifiques, encadrées par des limites éthiques et techniques, rendent difficile l'évaluation de l'effet « pur » des écrans. Il serait en effet inenvisageable, d'un point de vue moral, de soumettre des enfants à un isolement prolongé face aux écrans pour en démontrer scientifiquement leurs effets potentiellement délétères. Le décalage entre le temps long de la recherche et la rapidité de la mutation des usages complique également l'analyse des effets.

Voyage dans l'archipel des controverses

Le débat sur l'impact des écrans mobilise de nombreuses personnalités issues de la recherche, de la santé, de l'éducation, mais aussi du monde politique et associatif. Faut-il parler d'un « massacre des innocents [1] », où les enfants sont sacrifiés sur l'autel du progrès technologique, ou sommes-nous face à une énième « panique morale [2] », qui amplifie et instrumentalise les peurs ?

---

1. Expression de Bernard Stiegler. http://www.youtube.com/watch?v=BQkUeXhPxE4&themeRefresh=1.

2. La panique morale désigne une réaction collective exagérée face à un phénomène perçu comme une menace pour l'ordre social ou les valeurs dominantes. Dans son ouvrage *Folk*

La ligne radicale alarmiste

Ce courant considère l'enfant comme particulièrement vulnérable face aux écrans et prône une limitation drastique, certains préconisent de les éviter en dessous de 6 ans.

Aux États-Unis, Jonathan Haidt, psychologue et auteur du best-seller *Génération anxieuse*, corrèle la montée en flèche de l'anxiété, de la dépression, de la solitude chez les jeunes avec l'usage effréné des smartphones. Le concept de « grand recâblage » désigne une transformation profonde et rapide des conditions de développement des enfants, lié à deux phénomènes concomitants : le déclin de l'enfance basée sur le jeu libre (accentué avec une parentalité de plus en plus surprotectrice) et la place dévorante des écrans. Il porte un plaidoyer pour l'exploration autonome, le fait de retarder l'accès au smartphone et aux réseaux sociaux, le retour des enfants dans l'espace public. Il souligne notamment que les parents surestiment les dangers du « dehors » et sous-estiment ceux du « dedans ».

Dans l'hexagone, Michel Desmurget [1], chercheur en neurosciences cognitives, est le porte-étendard

---

Devils and Moral Panics (1972), Stanley Cohen montre comment les médias, les institutions et l'opinion publique construisent ces « menaces » (souvent incarnées par des groupes marginalisés) en amplifiant leur danger supposé, ce qui légitime ensuite des réponses sociales ou politiques disproportionnées.

1. Michel Desmurget, *La Fabrique du crétin digital*, Seuil, 2019.

d'un combat pour sauver les jeunes générations de l'abêtissement avec son livre *La Fabrique du crétin digital*, puis *Faites-les lire ! Pour en finir avec le crétin digital*. Il défend la thèse selon laquelle les écrans ne se contentent pas de nous abrutir, mais qu'ils altèrent profondément capacités d'apprentissage, mémoire, attention et sociabilité. Dans cette perspective, la lecture apparaît comme une voie de salut et de résistance.

Servane Mouton, neurologue et coprésidente de la commission « Enfants et écrans », analyse quant à elle la surexposition des enfants aux écrans comme un « désastre sanitaire [1] ». Elle plaide pour l'application du principe de précaution et la mise en œuvre de politiques publiques, en rappelant l'urgence de la régulation des plateformes.

Le collectif CoSE (Collectif surexposition écrans) réunit des professionnels de santé engagés dans la prévention des effets de la surexposition, comme la clinicienne Sabine Duflo et la pédiatre Sylvie Dieu Osika qui mènent des actions de sensibilisation et de formation auprès des familles et des professionnels. Le collectif propose également des consultations spécialisées, comme celles mises en place par le Dr Dieu Osika à Bondy (93), consacrées aux enfants présentant des troubles liés à une exposition excessive aux écrans. Au sein du collectif, Anne-Lise Ducanda, pédiatre de PMI (prévention maternelle infantile), a évoqué l'idée

1. Servane Mouton, *Écrans, un désastre sanitaire. Il est encore temps d'agir*, Tracts Gallimard, 2025.

controversée d'un « autisme virtuel » lié à une surexposition aux écrans. Cette hypothèse est rejetée par une majorité de chercheurs qui insistent sur l'origine génétique et multifactorielle du TSA (trouble du spectre de l'autisme). Comme le précisent les experts du rapport « Enfants et Écrans. À la recherche du temps perdu », les recherches actuelles ne permettent pas de démontrer de lien causal direct entre l'utilisation des écrans et le développement de l'autisme. Néanmoins, « une utilisation excessive peut exacerber certains symptômes chez les enfants déjà diagnostiqués avec des troubles neurodéveloppementaux, tels que des difficultés de régulation émotionnelle ou de déficit de l'attention [1] ».

La ligne nuancée à tendance optimiste

Ce courant privilégie une approche qui prend en compte la diversité des usages, l'environnement familial et social et la nécessité d'éduquer et d'accompagner plutôt que d'interdire.

Les chercheuses Anne Cordier (sciences de l'information et de la communication) et Séverine Erhel (psychologie cognitive) ont coordonné le livre *Les Enfants et les Écrans. Mythes et réalités* [2]. Elles identifient des « entrepreneurs de morale » – figures médiatiques, politiques, d'autorité – qui attisent les peurs

---

1. Rapport « Enfants et Écrans. À la recherche du temps perdu », avril 2024.

2. Anne Cordier et Séverine Erhel, *Les Enfants et les Écrans*, Éditions Retz, 2023.

avec des messages alarmistes. La culture des jeunes a souvent été perçue comme un signe de déclin, du flipper au rock'n'roll. Ce schéma répétitif des critiques témoignerait d'une difficulté des adultes à accepter les évolutions culturelles et sociales. Avec un collectif de chercheurs, elles montrent que les risques existent, mais qu'ils sont souvent surestimés et liés à des usages excessifs ou non accompagnés, notamment en contexte de vulnérabilité psychologique ou sociale. Ce n'est pas l'écran en soi qui serait dangereux mais les contextes d'usage. Les autrices insistent sur l'accompagnement. Selon elles, diaboliser les écrans ou culpabiliser les jeunes et leurs familles ne fait qu'accroître les tensions. Elles plaident pour encourager la réflexion, l'éducation critique et citoyenne au numérique.

Grégoire Borst milite pour une meilleure compréhension des étapes du développement cognitif des enfants et des adolescents, tout en préconisant d'éviter les écrans avant 3 ans, de privilégier le covisionnage et de favoriser la diversité des activités.

Les assertions selon lesquelles les écrans entraîneraient une diminution généralisée de l'intelligence ne sont pas soutenues par des preuves scientifiques solides, selon Franck Ramus, chercheur en sciences cognitives et directeur de recherche au CNRS. Ces affirmations ne tiendraient pas compte de la complexité des facteurs influençant le QI (éducation, nutrition, environnement socioéconomique). Franck Ramus note que la stagnation des scores de QI pourrait être due à l'atteinte d'un plafond dans le développement humain, les capacités cérébrales ayant des limites. « Les arbres ne peuvent pas monter jusqu'au ciel, il y a forcément des limites à ce qu'un cerveau humain peut faire [1]. »

Pour Candice Odgers, professeure de psychologie à l'université de Californie, s'il existe une corrélation entre usage numérique et mal-être, les causes de la crise actuelle de la santé mentale des jeunes se trouveraient ailleurs : inégalités sociales, suites du Covid, stress familial, racisme…

Plongée au cœur de ces controverses, la journaliste Clara Georges dans sa newsletter « Darons Daronnes », capte avec justesse ce sentiment de confusion : « À chaque nouvelle lecture, je change d'opinion : tous ces gens sont informés et documentés, ils possèdent un savoir que je n'ai pas, pourquoi ne pas les croire ? Mais aussi, puisqu'ils s'accusent

1. « Que ce soit à cause de la taille limitée de l'échantillon (79 personnes) pour l'étude de Dutton et Lynn sur la France ou le fait de ne considérer la baisse que dans certains types de tests (numériques ou verbaux) malgré la hausse dans d'autres (raisonnement abstrait) en Norvège, de tels résultats restent en marge et ne font pas consensus dans la communauté scientifique. » https://www.polytechnique-insights.com/tribunes/societe/qi-mondial-en-baisse-realite-ou-panique-morale/?utm_source=chatgpt.com#note-13.

mutuellement d'incompétence, pourquoi les croire ? Je comprends donc tous ces parents déboussolés qui finissent par opter pour une tambouille familiale faite d'un peu de rigueur par-ci, d'une dose de permissivité par-là, et qui saupoudrent le tout d'un voile d'inconstance. La seule chose qui mette tout le monde d'accord, en fin de compte, c'est que ces affaires de contrôle parental ne sont pas bien fiables, puisque 100 % des parents interrogés se sont fait hacker par leurs enfants [1]. »

En avril 2024, les 29 propositions du rapport « Enfants et écrans. À la recherche du temps perdu », fruit d'un travail alliant des expertises pluridisciplinaires, ont permis de réconcilier – le temps d'un rapport – des voix souvent dissonantes. En esquissant une philosophie de l'action collective et en réaffirmant la nécessité de remettre les responsabilités dans le « bon ordre » – à commencer celles des acteurs du numérique –, ce rapport s'est distingué par sa capacité à fédérer et à faire émerger un consensus. Mais s'il a eu un fort impact dans le débat public, ses recommandations n'ont pas encore été à ce jour mises en œuvre sous forme de lois ou de mesures réglementaires généralisées.

---

1. Clara Georges, « "Maman, tu peux me rajouter du temps ?" : les ados et les négociations pour "gratter" des minutes en plus d'écrans », *Le Monde*, 14 mars 2025.

Face aux discours anxiogènes sur l'impact des écrans, Béatrice Kammerer, journaliste scientifique et experte de la parentalité, argue que la peur est une émotion précieuse : elle nous protège, nous avertit, nous pousse à agir. Mais lorsqu'elle déborde de sa fonction protectrice, quand elle paralyse au lieu de prévenir, elle devient autre chose : une phobie. Et la phobie est l'ennemie de la pensée rationnelle. Elle exacerbe les dangers, déforme la réalité et fige les comportements.

Dénoncer la « panique morale » face aux inquiétudes formulées par des parents peut être perçu comme disqualifiant, comme si toute forme d'alerte ou de résistance devenait aussitôt suspecte d'irrationalité ou de conservatisme, souligne le directeur du programme Future of Tech Louis Derrac [1]. Nos peurs doivent donc pouvoir être nommées, explorées et confrontées au réel, pour empêcher qu'elles ne se transforment en phobie.

Et toi, tu fais comment ?

La parentalité numérique n'est pas une rupture, mais un prolongement de notre manière d'être parents. Le rapport du Conseil de l'Europe, « La

1. https://louisderrac.com/https://louisderrac.com/eduquer-au-numerique-dans-la-ligne-de-crete-entre-paniques-morales-et-technorassurisme/.

Parentalité à l'ère du numérique »[1], conçu par l'experte du sujet Elizabeth Milovidov, propose une typologie des styles parentaux se basant sur un rapport de l'OCDE. Nous vous les présentons ici pour montrer que chaque style est une façon singulière de composer avec le numérique, en adéquation avec nos valeurs, et à l'image du rapport que l'on entretient avec l'autorité, la peur ou la confiance.

Les parents autoritaires

Ils posent un cadre strict, car ils pensent qu'un enfant a besoin de limites claires pour ne pas se laisser engloutir. Ils offrent parfois le dernier smartphone, mais les règles tombent comme des verdicts et sont rarement accompagnées d'explications. Dans cette dynamique, les écrans deviennent moins un espace à partager qu'à surveiller. Cette approche risque de créer une distance et peut inciter les enfants à dissimuler leurs activités en ligne.

Les parents structurants

Très présents, ils fixent des limites mais les expliquent. Ils prennent le temps d'entrer dans le monde numérique de leurs enfants pour les accompagner, pas uniquement pour les contrôler.

1. Elizabeth Milovidov, « La Parentalité à l'ère du numérique. Des approches parentales positives pour différents scénarios », Conseil de l'Europe, 2020.

Chez eux, l'écran n'est pas un objet de conflit, mais un support de dialogue et d'autonomisation. L'enfant apprend à penser, à choisir, à réguler, à devenir autonome. C'est une parentalité très exigeante car elle demande du temps, de la disponibilité émotionnelle et des compétences.

Les parents permissifs

Ils ne veulent pas brider, restreindre, frustrer. Ils disent : « Fais-moi signe si tu as besoin. » Mais les limites sont floues. L'enfant explore souvent seul. Il fait ses expériences, parfois belles, parfois douloureuses. Dans cette configuration, l'autonomie est laissée sans boussole. L'enfant se sent libre, mais ce manque d'encadrement peut l'exposer à des dangers en ligne.

Les parents hélicoptères

Anxieux, ils veulent éviter le moindre danger et sont prêts à intervenir au moindre signal. Dans le monde numérique, cela se traduit souvent par une accumulation de règles, de contrôles, de logiciels de surveillance et d'espionnage. L'intention est (sur) protectrice, mais le message implicite est que le monde est probablement trop dangereux pour être exploré seul. L'enfant risque alors d'avoir du mal à construire sa propre autonomie.

Les parents chasse-neige

Ils anticipent et préviennent tous les obstacles. Si quelque chose blesse, ils interviennent. Cela peut être signaler, bloquer, filtrer, censurer. Ils s'emploient davantage à supprimer tout désagrément en ligne qu'à développer la résilience de leurs enfants. Cela peut fragiliser ces derniers face aux inévitables défis qui les attendent.

On ne coche pas un style comme une case. Vous vous reconnaîtrez peut-être dans plusieurs d'entre eux, selon les jours, les enfants, les circonstances. L'idée n'est pas d'opposer les styles mais de mettre en lumière leurs forces : la clarté des règles chez les « autoritaires », la qualité du lien chez les « structurants », la confiance chez les « permissifs », l'attention constante des « hélicoptères » et la réactivité des « chasse-neige ».

Face aux difficultés qui nous traversent et ce dilemme entre protection et autonomie, l'approche P.L.A.Y., que nous présenterons plus en détail par la suite ne cherche pas à « corriger » les parents, mais à les accompagner là où ils sont.

De la parentalité numérique aux parentalités numériques

On entend souvent dire que les cadres de la Silicon Valley, pleinement conscients des dangers du numérique, tiendraient leurs propres enfants à l'écart des écrans et des réseaux sociaux. Cela alimente l'idée d'une élite qui se protégerait d'un monde qu'elle a elle-même contribué à créer. En réalité, cette affirmation repose sur un cas très isolé : celui de la Waldorf School of the Peninsula, un établissement qui accueille environ 300 élèves, une goutte d'eau à l'échelle du système scolaire californien. Cette école privée s'inscrit dans la pédagogie Steiner-Waldorf, souvent critiquée pour son ésotérisme et ses fondements anthroposophiques (mélange de spiritualité, de pédagogie et de vision cosmique du monde).

Cette légende urbaine en dit sans doute plus sur nos angoisses collectives que sur les pratiques éducatives réelles de la Silicon Valley. Ainsi, comme le montre un article du *Monde* de 2024 [1], l'image d'un rejet généralisé des écrans par les grands patrons de la Tech ne correspond pas tout à fait à la réalité. La prudence existe, certes, mais elle ne se traduit pas par une interdiction systématique. Si certains, comme Steve Jobs, ont effectivement limité l'accès à la technologie à la maison, la réalité est bien plus nuancée pour les autres. On apprend dans cet article que Bill Gates et sa femme Melinda interdisent les téléphones à table, que Jony Ive (ancien designer d'Apple)

---

1. Damien Leloup, « Les patrons de la tech qui ne mettent pas leurs enfants devant des écrans, une légende urbaine », *Le Monde.fr*, 23 mars 2024.

n'autorise l'iPad qu'avec supervision, que Susan Wojcicki (ex-YouTube) limite le temps d'écran de ses enfants, mais leur permet d'avoir un smartphone dès 11 ans. Mark Zuckerberg (Meta) et Sundar Pichai (Google) appliquent aussi des règles, mais ne bannissent pas les écrans.

Ce « modèle » parental est donc moins une opposition radicale au numérique qu'une gestion réfléchie de ses usages, partagée par de nombreux parents aisés à travers le monde. Ces familles peuvent facilement financer des alternatives : activités culturelles, sorties dans la nature, encadrement personnalisé. De leur côté, les familles modestes et monoparentales jonglent plus souvent avec de multiples urgences. Les inégalités sociales viennent aussi creuser la fracture des usages du numérique : là où certains enfants ont accès à des outils éducatifs innovants, d'autres restent confinés aux usages récréatifs ou subis.

Une enquête menée par l'AFEV, l'UNAF et Trajectoires-reflex auprès de 737 parents issus de milieux populaires montre que les parents les plus pauvres ne sont pas désengagés. Ils s'impliquent, mais dans des conditions autrement plus complexes. 40 % disent avoir du mal à suivre la scolarité de leurs enfants, en grande partie à cause d'horaires décalés ou de difficultés de compréhension des outils numériques. Parmi eux, 36 %, dont une majorité de mères, vivent seuls avec leurs enfants. Ce sont souvent les familles les plus vulnérables, les plus exposées à la « précarité numérique » (manque d'équipement, de connexion stable ou de compétences) [1].

Les acteurs de la parentalité numérique le constatent : les ateliers et les conférences attirent surtout ceux qui se sentent déjà concernés. Les parents les plus en difficulté, eux, viennent rarement, notamment lorsque ces événements sont organisés au sein de l'école qui peut être perçue comme un lieu de jugement ou d'évaluation. Ce constat représente un défi à une véritable coéducation sur ce sujet.

L'enjeu n'est peut-être pas tant de « faire venir » les parents que « d'aller vers eux » en repensant les propositions de ces rencontres qui tendent parfois à ériger une norme inaccessible de la « bonne parentalité numérique », faite de restrictions, de grande disponibilité et de compétences numériques.

Les écrans cristallisent tout : fatigue, solitude, besoin de souffler. Plutôt que de juger, il s'agit d'abord de reconnaître les vulnérabilités comme un point de départ, pas comme un échec. Nos volontés sont façonnées par les contextes dans lesquels nous évoluons, plus ou moins marqués par l'isolement et l'absence de relais. Si les écrans remplissent tout, c'est peut-être aussi parce que plus rien d'autre ne tient autour.

---

1. Une étude du Crédoc (2023) montre par exemple que les 10 % les plus pauvres sont cinq fois plus nombreux à ne pas avoir d'équipement numérique adapté.

Parler des écrans sans essayer de saisir ce qu'ils masquent, c'est se tromper de cible. Une initiative inspirante de l'association Banlieue Santé a été mise en place : accompagner et former des mères « ambassadrices », volontaires et influentes dans leur communauté, pour qu'elles puissent créer des cercles de parole et d'entraide avec d'autres parents.

Pour toutes et tous, le défi réside dans le fait de faire famille avec les écrans. Le baromètre numérique du Crédoc (2025) montre qu'une majorité de parents – six sur dix – s'efforce de poser un cadre : limiter le temps passé devant la télévision, restreindre l'accès aux jeux vidéo, encadrer les usages des réseaux sociaux. Le smartphone est devenu le terrain central de la négociation. Près des deux tiers des parents imposent des limites. Et sur ce point, les différences entre milieux sociaux sont minimes. Ce qui se distingue, en revanche, c'est l'âge : les parents les plus jeunes sont aussi les plus stricts. Une rigueur qui reflète peut-être une forme de maturité : celle d'une génération de parents qui a grandi avec les plateformes, qui en connaît mieux les rouages, les pièges et le pouvoir d'attraction.

Le grand écart entre recommandations et pratiques

On voudrait que les écrans soient des outils, des alliés maîtrisés, mais dans les faits, c'est souvent du bricolage. Si la quasi-totalité des parents a instauré des règles, nombreux sont ceux qui se sentent dépassés et ne parviennent pas à les faire appliquer. Selon le dernier baromètre enfance et numérique (2025), 73 % des parents estiment que les messages de prévention concernant l'usage des téléphones sont clairs, mais 69 % les trouvent trop éloignés de la réalité.

Les données présentées ci-dessous proviennent principalement du rapport « Enfants et écrans, à la recherche du temps perdu ». Elles dressent un état des lieux synthétique de l'impact des écrans sur les enfants, rappellent les recommandations officielles selon l'âge de l'enfant et sont mises en perspective avec des données sur les pratiques.

Avant 2 ans, les effets de l'exposition aux écrans sont associés à de moins bonnes performances niveau de langage et d'attention. Les tout-petits apprennent avant tout par interaction directe : ils ne tirent pas profit des vidéos, un phénomène appelé « déficit de transfert vidéo [1] ». Par exemple, laisser un enfant seul

1. L'enfant ne transpose pas ce qu'il voit en deux dimensions dans le monde en trois dimensions qui l'entoure. C'est le déficit de transfert vidéo. Regarder une balle sur une tablette ne remplacera jamais le fait de la lancer, de la chercher, d'échanger un regard avec l'adulte qui accompagne le geste.

devant les vidéos de Cocomelon – une chaîne YouTube très populaire diffusant des comptines et chansons animées dont la vidéo « Bath Song » a été vue environ 7 milliards de fois – l'hypnotise mais n'éduque pas. Si les experts recommandent d'éviter les écrans [1] avant 2 ans, les enfants passent déjà en moyenne presque une heure par jour devant un écran, et seuls 13,7 % n'y sont pas exposés [2].

Rappelons que l'attention « conjointe », qui nourrit la relation, la curiosité et une présence mutuelle, une notion développée par Yves Citton [3], atténue l'impact négatif des écrans. Ainsi, laisser un enfant seul devant une télévision allumée – même en fond sonore – se révèle plus nocif qu'un dessin animé regardé et commenté ensemble.

L'apprentissage se nourrit de présence, de répétition, de contact. Piaget l'avait montré : quand un jouet disparaît sous une couverture, l'enfant doit répéter l'expérience pour comprendre qu'il continue d'exister. La permanence de l'objet est une étape cognitive.

1. Dans les PMI, les cabinets de pédiatres, les services d'orthophonie, l'alerte monte. On voit arriver des enfants de moins de 3 ans qui ne parlent pas, ne mangent plus seuls, ne répondent plus au regard. Leur point commun ? Une exposition massive aux écrans, jusqu'à cinq ou six heures par jour, dès la petite enfance. Depuis 2025, le carnet de santé français inclut des pages consacrées à cette exposition.

2. Selon le « Bulletin épidémiologique hebdomadaire » de Santé publique France d'avril 2023.

3. *Op. cit.*

Entre 2 et 6 ans, un usage quotidien supérieur à une heure par jour est souvent associé à une baisse des capacités cognitives globales, attentionnelles, langagières et socioémotionnelles. À 3 ans et demi, les enfants passent déjà en moyenne 1 h 20 par jour devant un écran [1].

De 6 à 17 ans, passer plus de deux heures d'écran par jour pourrait être associé pour certains usages à une réduction de l'attention, des compétences scolaires et de la lecture. Les recommandations préconisent une utilisation modérée et équilibrée avec d'autres activités (lecture, sport, etc.). Après 13 ans, les conseils se concentrent davantage sur la qualité des contenus et le respect du rythme de vie, notamment le sommeil.

Dans les faits, les 7-19 ans passent en moyenne plus de trois heures par jour devant les écrans (hors école) [2]. Le premier smartphone arrive à 9 ans, et à 11-12 ans, 58 % ont déjà un compte sur les réseaux sociaux, dont 45 % sur TikTok [3].

Enfin, entre 15 et 18 ans, un usage intensif du smartphone est associé à plus de troubles d'attention, d'impulsivité et de régulation émotionnelle, surtout chez les adolescents vulnérables. Chez les 16-19 ans, le temps d'écran hors cadre scolaire dépasse les cinq heures par jour [4].

---

1. Rapport « Enfants et Écrans. À la recherche du temps perdu », avril 2024.
2. « Les Jeunes Français et la lecture », CNL, 2024.
3. Étude Médiamétrie relayée par l'ARCOM, citée dans le Rapport n° 859 de l'Assemblée Nationale.
4. *Les Français et la lecture*, Ipsos, CNL, janvier 2025.

Cartographie des tensions ordinaires

> *« Maman, la seule chose que je veux pour Noël, c'est TikTok. »*
>
> Anna, 11 ans, Atelier parentalité numérique.

Cette partie propose une immersion sensible – forcément partielle et située – dans les tensions que soulève la parentalité à l'ère du numérique. Une première étape pour amorcer une réflexion collective.

« Maman, tu peux me rajouter du temps d'écran ? »

Nous sommes devenus des trafiquants domestiques opérant à visage découvert, au cœur même de nos foyers. La marchandise ? Le temps passé devant les écrans. Les clients ? Nos propres enfants. On le troque contre du calme, de l'obéissance, du rangement. « La tablette ? Si tu ranges ta chambre », « Une partie de jeu mais après les devoirs », « Je te rajoute du temps quand tu auras fini ton chapitre. »

Comme les dealers, on ne sait pas toujours très bien ce qu'on vend. La qualité de la substance, ses effets à long terme – on préfère parfois ne pas trop y penser. Le plus troublant, c'est qu'on s'autorise souvent ce qu'on leur interdit. Le vieux refrain « fais ce que je dis, pas ce que je fais ». Dans cet étrange théâtre familial, c'est que nous jouons aussi le rôle de gendarmes, chargés de la surveillance et du contrôle. Ce double rôle dealer-gendarme du temps d'écran est une sorte de « schizophrénie parentale ».

Nous savons que le temps d'écran est une variable imparfaite, une illusion de maîtrise. Les experts du rapport « Enfants et Écrans. À la recherche du temps perdu » recommandent d'ailleurs d'en finir avec la logique du « temps maximal par jour », qui laisse entendre qu'un usage quotidien serait, par défaut, acceptable. Ils proposent à la place une mesure hebdomadaire, souple et accompagnée. Mesurer le temps ne dit rien de la qualité des contenus, des usages, ni du contexte. Un film partagé ou un jeu coopératif en ligne n'a rien à voir avec deux heures de scroll en solitaire en pleine nuit. Jonathan Bernard, chercheur à l'Inserm, l'a analysé sur plus de 14 000 enfants : l'effet des écrans dépend moins du temps passé que du contexte dans lequel ce temps s'inscrit. Quand les parents regardent avec l'enfant, quand ils commentent, expliquent, les effets délétères s'atténuent, surtout chez les petits.

Pourtant, le temps nous obsède. La source du conflit vient de l'irrésistible pouvoir d'attraction des écrans et de la concurrence déloyale qu'ils exercent pour occuper les enfants. Au point qu'un rapport de Common Sense Media souligne que « les conflits familiaux autour du temps d'écran peuvent être plus néfastes pour la santé mentale des enfants que le temps d'écran lui-même [1] ».

---

1. Common Sense Media, « The New Normal: Parents, Teens, Screens, and Sleep in the United States », Rapport de recherche 2019.

Cela nous oblige à nous regarder en face. Quelle disponibilité sommes-nous capables d'offrir à nos enfants ? Quelle énergie pouvons-nous mobiliser pour partager des moments de présence et proposer des alternatives désirables, sans nous épuiser en chemin ?

Dans le livre *Écrans et Familles*, la chercheuse Marie Danet souligne l'importance du temps d'attention parentale pour l'enfant, qui s'appuie sur cette présence comme base de sécurité pour explorer et oser, jouer un morceau de musique ou tenter une figure acrobatique. Elle s'appuie notamment sur une étude de Brandi Stupica, menée auprès d'enfants de 3 à 12 ans devant courir sur un terrain de sport. Les performances des enfants ont été comparées dans deux situations : avec un parent attentif et disponible et avec un parent absorbé par son téléphone. Résultat : les enfants courent plus vite, font moins d'erreurs (trébuchements, faux départs) et leurs performances augmentent lorsqu'un parent est pleinement présent.

Sortir de la guerre interne entre dealers et gendarmes du temps d'écran implique donc une phase d'introspection, aussi inconfortable soit-elle. Non pas pour nous flageller, mais pour comprendre nos propres mécanismes de dépendance. C'est dans cette lucidité que nous pourrons engager une réflexion sincère et authentique.

« Papa, il est tout le temps avec son téléphone, mais c'est pour son travail. »

Environ 320 milliards de mails étaient envoyés et reçus chaque jour en 2021. Ce chiffre devrait approcher les 400 milliards en 2026. Le droit à la déconnexion [1] existe en France. Un principe juridique qui garantit aux salariés de ne pas être sollicités en dehors de leurs heures de travail, notamment par mail ou téléphone. En théorie, c'est simple. En pratique, c'est une autre histoire [2]. Nous vivons dans un monde où ne pas répondre immédiatement est suspect. On veut prouver qu'on est là. Nous sommes pris en étau : d'un côté l'impératif d'être performant, réactif, joignable à toute heure ; de l'autre la réalité de nos vies de famille, où le temps passé ensemble n'échappe plus au travail. Comment faire quand le foyer est devenu une annexe du bureau ?

---

1. Ce droit vise à garantir le respect des temps de repos, des congés, ainsi que de la vie personnelle et familiale des employés. Introduit par la loi n° 2016-1088 du 8 août 2016, dite « loi Travail », le droit à la déconnexion est entré en vigueur le 1er janvier 2017. Cette loi a modifié le Code du travail en ajoutant l'article L. 2242-17, qui impose aux entreprises de plus de 50 salariés de négocier annuellement les modalités d'exercice de ce droit dans le cadre de la négociation sur l'égalité professionnelle et la qualité de vie au travail.

2. Depuis 2011, Volkswagen a pris une mesure radicale : les serveurs mails sont coupés le soir et le week-end. D'abord pour 1 000 salariés, puis pour 3 000. Sauf ceux des managers, évidemment.

L'individualisation des équipements – smartphone, tablette, écouteurs, montre connectée – fragilise les espaces-temps collectifs [1]. Elle nous isole dans la proximité et transforme nos salons en archipel, chacun sur son île.

La technoférence – l'interruption des interactions humaines par l'usage des écrans – impacte négativement la disponibilité émotionnelle des parents, leur réactivité, et nuit aux capacités sociorelationnelles des enfants (écouter, répondre, coopérer, partager…).

La chanson d'Aldebert « Écrans, rendez-nous nos parents » en offre une illustration drôle et percutante. Dès le début, la scène est posée : un enfant tente d'attirer l'attention de son père absorbé par son téléphone. Il lui raconte des événements absurdes et invraisemblables – qu'il a « pris la tronçonneuse du papi », qu'il a « découpé la tortue et sa petite sœur aussi » et même « brûlé la maison » –, mais son père répond distraitement : « Ah, c'est bien ça. Tu dois être content, dis donc ! »

« La technoférence serait génératrice de liens d'attachement moins sécurisés ainsi que des difficultés comportementales chez l'enfant », explique Marie Danet [2]. Elle génère aussi des réactions plus dures face aux enfants. Un enfant qui fait une bêtise pendant que le parent envoie un mail urgent a des

1. Anne-Sylvie Pharabod et Anne Cordier, *Quand les écrans élargissent la famille.*

2. *Op. cit.*

chances de se faire gronder plus fortement qu'à l'accoutumée. Un enfant qui se sent ignoré s'agite davantage, ce qui incite le parent à chercher refuge derrière son écran, ce qui rend l'enfant encore plus agité. La spirale négative est enclenchée.

« Maman, retire immédiatement cette photo de moi de Facebook ! »

Nous reprochons à nos adolescents d'être accros aux selfies, mais nous sommes nombreux à avoir documenté leur vie depuis la naissance.

Nous sommes parfois confrontés aux limites de nos propres contradictions : entre le désir de protéger et celui de montrer, entre l'intention éducative et les réflexes du narcissisme numérique. Reconnaître cette tension, c'est déjà ouvrir un espace plus honnête pour dialoguer. Ce que nous transmettons ne passe pas uniquement par des discours de prévention, mais aussi par notre manière d'habiter les réseaux et d'exposer notre intimité.

À 8 ans, près de 80 % des enfants ont déjà eu une photo d'eux postée sur un réseau social [1]. Un enfant apparaît en moyenne sur 1 300 photographies publiées

1. https://www.cbnews.fr/etudes/image-30-bebes-ont-identite-numerique-avant-meme-naitre-43862.

en ligne avant l'âge de 13 ans [1]. Justine Atlan, directrice générale de l'association e-Enfance, alerte que « ce sont sur les réseaux sociaux que s'alimentent les comptes de prédateurs sexuels [2] ». En effet, 50 % des photos qui s'échangent sur les forums pédopornographiques ont été initialement publiées par les parents sur leurs réseaux sociaux, rappelle le député Bruno Studer [3].

Il existe d'autres risques liés à l'exposition des enfants en ligne, comme l'humiliation publique. Des canulars (*pranks*) consistant à ridiculiser des bébés ou de jeunes enfants circulent abondamment sur les réseaux, par exemple en leur cassant par surprise un œuf sur le front ou en leur jetant une tranche de fromage fondu sur le visage – ou en créant des mises en scène destinées à leur faire peur pour partager leurs réactions de pleurs ou de sidération.

Parmi les bouleversements de la parentalité, le chercheur canadien Jocelyn Lachance souligne que celui de la visibilité de nos enfants est sans doute l'un des plus flagrants. Autrefois, les tâtonnements de l'adolescence – les excès, les maladresses, les confidences de fin de soirée – restaient dans l'ombre, partagés entre amis,

---

1. Selon l'étude de 2018 de l'agence britannique Opinium pour la société Nominet auprès d'un panel de parents habitant au Royaume-Uni.

2. e-enfance.org.

3. Rapport du National Center for Missing and Exploited Children.

pour finir par s'oublier. Aujourd'hui, ils laissent des traces. Des vidéos d'une fête arrosée, des révélations trop spontanées, une danse postée pour rire... peuvent devenir une archive partageable, inaltérable. Comment les surveiller lorsqu'ils disposent de plusieurs comptes sur les réseaux sociaux, parfois invisibles pour nous ? Comment les sensibiliser aux risques d'une intimité exposée – parfois involontairement ?

« Je me sens seule et dépassée. »

Dans les ateliers de parentalité numérique, un constat s'impose : ce sont majoritairement des mères qui participent. Leur surreprésentation révèle un déséquilibre qui n'est pas anecdotique : la parentalité numérique est principalement portée et vécue au féminin. En France, selon l'Insee, les femmes assument 71 % des tâches parentales[1]. À l'échelle européenne, l'Institut pour l'égalité entre les hommes et les femmes (EIGE) confirme cette tendance : 93 % des femmes âgées de 25 à 49 ans ayant des enfants de moins de 18 ans s'en occupent quotidiennement, contre 69 % des hommes. Terme apparu dans les années 80, la « charge mentale » est définie par Nicole Brais, chercheuse en philosophie à l'université de Laval, comme un « travail de gestion,

1. Clara Champagne, Ariane Pailhé et Anne Solaz, « Le temps domestique et parental des hommes et des femmes : quels facteurs d'évolutions en 25 ans ? », INSEE, 2015. https://www.insee.fr/fr/statistiques/1303232?sommaire=1303240.

d'organisation et de planification qui est à la fois intangible, incontournable et constant, et qui a pour objectif la satisfaction des besoins de chacun et la bonne marche de la résidence ». Cette charge mentale engendre une fatigue physique et psychique.

Un constat qui dépasse bien évidemment la situation hexagonale. Une étude australienne confirme que les mères portent une charge mentale intense liée à la gestion de la vie numérique de leurs enfants. Cela inclut des tâches telles que le paramétrage des contrôles parentaux, la surveillance de l'utilisation des écrans, ou encore l'éducation aux comportements en ligne (par exemple la sensibilisation au sexisme dans les jeux vidéo). Les mères interrogées décrivent leur rôle comme celui d'un « pare-feu vivant ». Ce travail est permanent, émotionnellement épuisant, et s'ajoute aux autres responsabilités domestiques et professionnelles [1].

---

1. Marine Protais, « Écrans et enfants : c'est (encore) aux femmes de gérer », *L'ADN*, 8 septembre 2023. https://www.ladn.eu/tech-a-suivre/charge-mentale-ecrans-et-enfants-cest-encore-aux-femmes-de-gerer/.

En France, la chercheuse Anne Cordier explique également que ce sont très majoritairement des mères qui s'expriment pour évoquer l'exercice de la parentalité numérique, elles semblent « au premier plan des négociations avec les enfants quant à l'usage des écrans connectés dans et hors le foyer, tout comme dans l'imposition de règles. La raison de cette situation serait double : d'une part, cette question les préoccuperait davantage que les pères, d'autre part elles assument plus souvent la charge d'encadrement de l'enfant au jour le jour ».

Il est temps que les pères s'investissent pleinement dans ce travail parental. Ce défi collectif pour l'avenir de nos enfants ne pourra être relevé sans une répartition plus équitable de la charge mentale numérique et un engagement concret et mieux partagé au quotidien.

« J'ai peur pour mes enfants. Tout va trop vite, je n'arrive pas à suivre. »

Dans un contexte de surresponsabilisation parentale et de culte de la performance, nous nous sentons seuls face à nos choix, envahis par des peurs multiples : accident, cyberharcèlement, décrochage scolaire, mauvaises influences, ou encore crainte de ne pas être un « bon parent ». Deux parents sur trois disent se sentir dépassés par leurs responsabilités [1].

Jocelyn Lachance, spécialiste de la famille et de la jeunesse, décrit l'émergence de l'hyperparentalité, aussi appelée « parentalité risque zéro [2]. » Elle se traduit par une surveillance accrue, une gestion minutieuse du temps et des activités, ainsi qu'une attention constante portée à la sécurité et au bien-être de l'enfant, parfois au détriment de son autonomie. Dans ce contexte, la gestion des risques liés aux écrans devient un élément central, voire structurant, de la relation entre parents et enfants.

1. Rapport « Être parent aujourd'hui : sens, forces, inspirations et besoins », UNAF, 2025.
2. Proche du modèle des parents hélicoptères.

Les travaux du philosophe Zygmunt Bauman évoquent la « peur liquide [1] », comme caractéristique de notre modernité, celle d'un monde instable, incertain, où rien ne dure : ni les emplois, ni les repères, ni les liens. On ne construit plus, on s'adapte. Les grandes structures qui faisaient rempart autrefois – l'État, l'école, la famille élargie, les syndicats – s'érodent ou se retirent. Et dans ce vide, l'individu est sommé d'être performant, lucide, toujours informé, tout en évoluant dans une réalité floue, souvent violente. Une peur liquide qui caractérise notre société amphinétique. La sociologue Divina Frau-Meigs parle de ce sentiment d'insécurité renforcé par l'individualisation technologique : la responsabilité des choix repose de plus en plus sur chacun, alors même que les systèmes deviennent incompréhensibles et oppressifs [2].

« Depuis que mon fils a son smartphone, je ne le reconnais plus. »

Offrir le premier téléphone est souvent motivé par le besoin de sécurité : pouvoir joindre son enfant, au moment où il devient plus autonome, notamment quand il se rend seul à l'école. L'outil devient un

1. Zygmunt Bauman, *Le Présent liquide. Peurs sociales et obsession sécuritaire*, Seuil, 2007.

2. Divina Frau-Meigs, « Digital Natives : démythifier le mythe des "natifs vs immigrants" du numérique », *The Conversation*, 10 avril 2016. https://theconversation.com/digital-natives-1-demythifier-le-mythe-des-natifs-vs-immigrants-du-numerique-57312.

instrument de continuité affective, un cordon ombilical invisible qui relie constamment l'enfant au parent. « La signification de la séparation, elle aussi, s'en trouve altérée. Les enfants qui sont continuellement attachés à leur téléphone savent que leurs parents sont à portée de main, seuls un texto ou un coup de fil les en séparent », observe Sherry Turkle.

Certains parents se servent du téléphone pour surveiller, jusqu'à s'introduire dans la vie scolaire de leur enfant, comme ceux qui, via une application « déclenchent l'audio à distance pour écouter ce qui se passe quand il est en cours », rapporte Thomas Rohmer, directeur-fondateur de l'Observatoire de la parentalité et de l'éducation numérique (OPEN).

Or, pour qu'un enfant grandisse, il faut aussi apprendre à le laisser partir. Cela implique, parfois, de résister à l'appel du « check » permanent, de tolérer qu'un téléphone éteint puisse être un simple oubli et non un signal nécessitant de déclencher l'alerte enlèvement. Lâcher prise n'est pas facile. Il demande du courage à l'enfant comme au parent. Dans un monde où la connexion permanente brouille les frontières entre présence et absence, il nous faut réapprendre la valeur de la séparation temporaire comme une condition nécessaire pour construire un lien qui ne repose pas sur la surveillance mais sur la confiance.

Le smartphone, qui donne accès au groupe WhatsApp de classe et aux réseaux sociaux, s'impose comme un outil incontournable de la sociabilité des collégiens. Ceux qui n'en ont pas se sentent souvent exclus, isolés, en marge d'un monde où les autres échangent, sans eux. Les réseaux sociaux, nouveaux agents de socialisation, pénètrent l'univers de l'enfant avec une force que peu d'adultes peuvent anticiper. Ils apportent leurs normes, leurs récits, leurs codes, leurs valeurs, qui ne sont pas toujours alignés avec ceux transmis au sein de la famille. Ce sont des voix multiples, puissantes, parfois bruyantes, qui s'invitent dans la chambre, dans la poche, qui façonnent l'estime de soi, les désirs, la perception du monde, des corps, de l'actualité. Dans ce contexte, il est fréquent de se sentir dépossédé. Le lien semble s'affaiblir. Pour de nombreux parents, le smartphone devient une « boîte noire » : un objet opaque qui abrite désormais des histoires et des émotions autrefois partagées. Il incarne la disparition progressive d'un récit commun. Ce qui inquiète, ce n'est pas tant l'objet lui-même que ce qu'il dissimule : une vie de ressentis et de nouveaux liens, tissée derrière ce petit rectangle vitré, toujours à portée de main et pourtant inaccessible.

« Internet, ce n'est pas la vraie vie ! »

Nos enfants sont nés immergés dans la liquidité numérique. Pour eux, les expériences connectées et physiques sont « naturellement » plus imbriquées. Le monde tangible et en ligne forment un seul et même tissu de l'existence, un continuum où la distinction, voire l'opposition, entre « réel » et « virtuel » n'a plus la même pertinence.

À nous de prendre conscience que le virtuel produit du tangible : des émotions, des comportements, des liens, des normes, des espoirs. C'est une réalité agissante dont nous devons tenir compte pour les aider à grandir. Quand un adolescent est en détresse parce qu'il vit un harcèlement en ligne, il ne s'agit pas d'un « problème virtuel ». De même, pour la chercheuse Anne Cordier, la reconnaissance des succès en ligne de nos enfants est essentielle : passer un niveau dans un jeu ou réussir un montage vidéo sont des expériences réelles qui mériteraient d'être saluées avec la même empathie qu'une victoire sportive ou une bonne note [1].

Offrir aux adolescents des espaces extérieurs pour se construire et créer du lien s'impose comme un enjeu de justice sociale.

Je repense à cette jeune fille de 3e à Clichy-sous-Bois qui n'avait pas le droit de sortir, car ses parents la voulaient « en sécurité ». Derrière la porte close de sa chambre, les réseaux sociaux étaient grands

1. Anne Cordier, *op. cit*, 2021.

ouverts. Nous avions regardé ensemble son temps d'écran : neuf heures en moyenne par jour ! Tous les adolescents ne sont pas égaux face aux alternatives aux écrans, comme d'avoir simplement la possibilité de flâner dans son quartier sans être inquiété. Pour beaucoup, les écrans ne sont pas seulement une distraction qui prend trop de place : ils sont la seule échappatoire.

« Éloignez-les des écrans… mais on fait comment pour les devoirs, les cours, Pronote, les exposés, les recherches ? »

Devoirs, dîner, coucher : ce triptyque du soir, que l'on appelle la « deuxième journée », agit comme un triangle des Bermudes où se perdent souvent l'énergie et la patience. L'écran y joue un rôle ambivalent, à la fois refuge, récompense ou moyen de pression. Avec l'entrée au collège, le temps des apprentissages se mêle inévitablement à l'usage des écrans, où le scolaire, le social et le récréatif s'entrelacent. La concentration se retrouve alors en lutte constante avec la distraction.

On demande aux parents de limiter les écrans à la maison, de favoriser la lecture… mais, dans le même temps, l'école exige une connexion permanente : devoirs en ligne, messageries intégrées, applications éducatives. Comment fixer des limites cohérentes à la maison quand l'école elle-même prolonge sa présence par les écrans ? Cette contradiction laisse de nombreux parents démunis face à des exigences irréconciliables.

Nous avons connu une époque où les journées d'école se refermaient comme un livre. À 16 h 30, tout s'arrêtait. Une fois la porte franchie, l'école appartenait au lendemain. Les parents vivaient dans une forme d'ignorance jusqu'à l'arrivée du bulletin. Les enfants pouvaient enjoliver, oublier, négocier. Cela faisait partie de leur apprentissage et l'expérience du réel se découpait en lieux distincts, séparés par des murs : l'école, la maison, le parc. Les rituels médiatiques avaient aussi leur fixité – la messe du 20 heures, le film du dimanche soir – et structuraient les journées comme autant de balises partagées. Aujourd'hui, tout s'enchaîne sans pause, dans un flux où les frontières entre les lieux et les temps s'estompent.

Les identifiants Pronote procurent un « super nouveau pouvoir », l'accès direct, instantané et continu aux notes, absences, devoirs et à l'agenda. Sur les ENT (espace numérique de travail), les enseignants peuvent partager des photos, des vidéos, des messages. La promesse initiale – rapprocher l'école des familles – a été tenue [1].

Mais comme souvent avec les promesses du numérique, le revers ne s'est pas fait attendre. L'école s'infiltre dans les soirées, les vacances, les interstices de la vie familiale, avant le dîner du dimanche soir. Je me

1. Aksel Kilic et Jean-Paul Payet, « École et parents : vers une relation digitale ? », *AOC*, 4 février 2025.

surprends à consulter les notes de ma fille pendant qu'elle est encore en classe. À 16 h 12, une bonne note en physique, une mauvaise en espagnol. Quand elle rentre, je pourrais lui demander : « Comment s'est passée ta journée ? », mais je connais déjà le score.

Pour les enfants, un espace de manœuvre entre l'école et la maison a disparu. Certains parents deviennent des sentinelles, en alerte à chaque notification. Chaque baisse de moyenne peut faire immédiatement éclater une microcrise. La vigilance et la surveillance constante deviennent des réflexes qui peuvent modifier insidieusement la relation de confiance.

Certaines voix s'élèvent pour appeler à un droit à la déconnexion scolaire [1]. Dans certaines académies, des établissements ont mis en place des chartes : lors des réunions de rentrée, on rappelle que personne – ni enseignants, ni familles, ni élèves – n'est tenu de répondre à un message en soirée, le week-end ou pendant les vacances. Un appel salutaire porté dorénavant à l'échelle nationale et devrait se traduire par une désactivation de l'application de 20 heures à 7 heures [2].

1. https://cafepedagogique.net/2023/03/27/et-si-on-parlait-du-droit-a-la-deconnexion-au-sein-de-leducation-nationale/

https://www.telerama.fr/enfants/ecole-et-numerique-a-quand-un-droit-a-la-deconnexion-7015522.php.

2. Le Monde avec AFP, « Élisabeth Borne veut un "droit à la déconnexion" pour les espaces numériques de travail des élèves », *Le Monde*, 13 mai 2025.

« Mon fils révise avec ChatGPT, ça m'inquiète. »

Quand je demande à ma fille d'éteindre les écrans pour se concentrer, elle m'explique calmement, ses écouteurs dans les oreilles, une playlist en fond sonore : que les devoirs sont sur l'appli, les cours sur Classroom, les révisions de maths avec Yvan Monka sur YouTube. Et le tout avec ChatGPT à portée de main.

L'Unesco recommande de ne pas utiliser l'IA avant 13 ans, sauf dans un cadre strictement éducatif. En France, l'Éducation nationale préconise cette même règle. Dans la pratique, le baromètre 2025 « Enfance et Numérique[1] » montre qu'un quart des parents d'enfants de 3 à 10 ans a déjà proposé d'avoir recours à l'intelligence artificielle pour faire les devoirs.

L'IA peut soutenir l'apprentissage, mais seulement si elle est intégrée dans une démarche relationnelle et active. Le temps de l'éducation est celui du temps long[2]. Comment cultiver le goût de l'effort quand il suffit de quelques secondes pour obtenir une réponse ? Parce que le savoir est accessible, on croit le posséder. Mais la réponse instantanée n'est pas toujours comprise et encore moins mémorisée. La

1. « Les usages numériques récréatifs et éducatifs et leurs impacts sur les jeunes enfants (3-10 ans) », Ifop pour Fondation pour l'Enfance, 2025. www.fondation-enfance.org/2025/01/29/enfance-et-numerique-3e-barometre-croise-parents-enseignants/.

2. https://eduscol.education.fr/1538/former-l-esprit-critique-des-eleves#summary-item-0.

mémoire a besoin de lenteur et de répétition. Ce que l'on veut pour nos enfants – et pour nous-mêmes – ce n'est pas avoir toutes les réponses, mais apprendre à cheminer vers une information, la confronter et la relier à d'autres pour se former une opinion éclairée.

Par ailleurs, nous sommes traversés par des dilemmes éthiques : où commence la triche ? Quel est le coût écologique ? L'intelligence artificielle peut être un levier éducatif si elle ne remplace pas l'effort indispensable à une compréhension profonde. Comme le dit la créatrice de l'edtech Soft Kids, Solenne Bocquillon-Le Goaziou, « sinon cela revient à demander à quelqu'un d'aller faire du sport à votre place ». Il s'agit donc de l'intégrer dans une démarche consciente, où l'enfant peut questionner, douter, reformuler et apprendre à « prompter », c'est-à-dire à bien formuler une requête.

Pour une parentalité numérique « suffisamment bonne »

Une source d'inspiration précieuse : le pédiatre et psychanalyste britannique Donald Winnicott, qui rappelle que grandir – et faire grandir – repose d'abord sur la qualité du lien, plus que sur la perfection des règles. Dans les années 50, il introduit le concept de « mère suffisamment bonne » [1].

1. Donald Winnicott, *La Mère suffisamment bonne*, Payot, 2006. Il a aussi introduit le concept d'objet transitionnel (le doudou).

À l'époque, il s'intéresse au rôle central des mères, généralement seules à s'occuper des enfants. Et contrairement à ce que cette expression déroutante et datée pourrait laisser croire, il ne cherche pas à décrire un modèle idéal. Pour Donald Winnicott, la mère suffisamment bonne n'est ni omniprésente ni démissionnaire. Elle répond aux besoins de l'enfant mais sans devancer tous ses désirs. Elle laisse, peu à peu, place à la frustration. Et c'est précisément là, dans ce léger retrait, que quelque chose de fondateur se joue : l'enfant fait l'expérience du manque, de l'aptitude à être seul, apprend à composer avec l'attente, construit son autonomie et son individualité.

La perfection, selon lui, serait nocive. Ce sont les petites « défaillances » qui permettent à l'enfant de grandir. Son intuition dessine une ligne d'équilibre : entre la présence et le retrait, entre le soin et la distance. À travers son héritage, nous voyons une invitation à nous réconcilier avec l'idée d'être des parents ordinaires « normalement dévoués ».

Une posture à contre-courant des injonctions de notre époque, où la parentalité se vit sur le mode de la performance, de risques à maîtriser et d'un isolement croissant. Comme l'explique la psychologue Isabelle Roskam : « Les standards ont été rehaussés à un niveau irréaliste. Ce qui crée de la souffrance, ce n'est pas le rôle de parent en soi, mais l'écart entre le parent qu'on est et celui qu'on pense devoir être [1]. »

1. Isabelle Roskam, « Un parent sur cinq vit un mal-être parental durable », *Le 1 hebdo*, n° 546, 21 mai 2025.

Pour nous, le chantier de la parentalité est aussi celui des renoncements, nés dans l'urgence du quotidien, et l'épuisement des réveils nocturnes. On compose avec ce que l'on a, nos traumas, nos héritages – sociaux, culturels, familiaux –, la fatigue, l'excès de conseils, les livres pas terminés, le regard des autres. Il y a le poids de la morale ; les voix qu'on porte en soi sans toujours les reconnaître. On avance à tâtons, entre les valeurs qu'on voudrait transmettre et un champ de normes invisibles, de récits dominants et de posts sur les réseaux sociaux. Notre parentalité, on la subit autant qu'on la construit.

On invente des rituels et des tactiques absurdes pour que notre enfant accepte de mettre ses chaussures sans hurler. C'est un art du bricolage qui nous conduit à lâcher un idéal – celui de la parentalité « positive » comme dogme – pour en garder l'élan. Celui d'une relation vivante, sans s'oublier en chemin.

Notre idéal d'une parentalité numérique « suffisamment bonne » part d'un constat libérateur : nous commettrons des erreurs. L'enjeu n'est pas d'être irréprochable, mais d'être capable de faire de nos faux pas des occasions d'apprentissage dans un cadre suffisamment sécurisant.

Cette approche décharge ainsi les parents de l'injonction à anticiper tous les risques. Nul besoin d'être des experts du numérique, des infiltrés sur

TikTok ou des geeks reconvertis. Elle nous invite à retrouver confiance, bienveillance et respect pour ce que nous sommes déjà : des figures de repère, capables d'écoute et de dialogue.

Nous avons besoin de davantage d'espaces de conversations et de partages que de conseils et de « modes d'emploi » pour entamer une réflexion à partir de nos intériorités et de nos possibles.

P.L.A.Y., notre boussole

> *« Quand on a un problème, il ne faut pas penser aux solutions, mais considérer le problème en lui-même, l'aimer comme s'il était quelqu'un, le laisser s'exprimer. La solution viendra à partir du moment où on aura accepté de séjourner dans le problème, où on aura renoncé à en sortir plutôt que lui tourner le dos pour lui échapper à tout prix. Par ailleurs, il y a une vraie joie dans le problème. Rien n'est plus excitant qu'un problème à résoudre. C'est l'occasion d'exercer son imagination, son intelligence, son intuition. Un problème, c'est une main tendue. Et la solution vient toujours du problème lui-même, d'une certaine manière de le regarder. »*
>
> Ollivier Pourriol, *Facile*[1].

1. Ollivier Pourriol, *Facile*, Robert Lafon, 2018.

P.L.A.Y. est une invitation à quitter le champ de bataille pour rejoindre un terrain de coopération, à vivre la parentalité numérique comme un art du discernement et du soin, à travers et parfois malgré les écrans.

Dans l'esprit du biologiste Olivier Hamant, la robustesse ne réside pas dans le contrôle absolu, mais dans la capacité à évoluer avec l'incertitude. À l'image du jazz, c'est une performance vivante, fondée sur l'écoute, l'improvisation, l'ouverture à l'inattendu, y compris les erreurs, qui deviennent alors source d'inspiration et d'adaptation collective : « Un jazz parent, cela veut dire qu'on sait à peu près ce qu'on va jouer, mais qu'il y a une part d'improvisation. On a juste envie de jouer ensemble. Ce qui va nourrir les idées, ce sont les erreurs des autres, les imprévus, même en dehors du groupe. »

Dans P.L.A.Y., tout résonne : *partager* la vie numérique de nos enfants, *libérer* du temps sans écran, *accueillir* les émotions et *yes* (*or no*) pour poser un cadre. Ce quatuor est le point de départ d'une conversation à ouvrir entre parents, entre amis, lors d'un cercle de parole, partout où l'on peut prendre le temps de se questionner ensemble. C'est une quête d'harmonie. Malgré les obstacles, les tensions et les incertitudes, ces principes dessinent une boussole possible pour apaiser nos peurs et nous mettre en mouvement.

Partager la vie numérique de nos enfants

Une enquête menée par l'association Génération Numérique a montré que 80 % des parents ne savaient pas exactement ce que leurs enfants faisaient en ligne [1]. Partager, c'est reconnaître que leur vie numérique n'est pas une parenthèse, que leurs usages sont constitutifs de leur identité et de leur rapport aux autres. Face à ce qui ressemble à une nouvelle fracture générationnelle, n'oublions pas l'essentiel : continuer, autant que possible, à leur transmettre le goût de la terre ferme, de ce qui s'éprouve, s'ancre ; sans filtre, sans pour autant minimiser l'épaisseur et la valeur de ce qu'ils vivent en ligne. Ils ont besoin de nous à leurs côtés. Se mouvoir avec dextérité dans cet océan numérique ne signifie pas que l'on maîtrise l'ivresse des profondeurs, les courants toxiques du cyberharcèlement, les tourbillons enjôleurs de la désinformation.

Avec les petits, cela implique d'encadrer la durée, de veiller à la qualité des contenus. Et si possible, d'être avec eux. À l'adolescence, c'est vérifier ensemble les paramètres de sécurité, de confidentialité, les accompagner dans leurs premiers partages sur les réseaux sociaux, nourrir des échanges réguliers sur la manière dont ils s'informent et questionner leurs références.

---

1. https://www.jeunes.gouv.fr/reseaux-sociaux-la-majorite-numerique-15-ans-1674.

En France, la « majorité numérique » a été fixée à 15 ans, âge à partir duquel un mineur peut consentir seul à l'utilisation de ses données personnelles sur les réseaux sociaux [1]. Lorsque ma fille s'est inscrite sur Instagram, elle a reçu plusieurs sollicitations sexuelles, ainsi que des propositions d'envoi de photos contre de l'argent. Je l'ai remerciée de m'en avoir parlé, et nous avons ensuite signalé et bloqué ensemble les comptes. Selon une étude nationale australienne publiée en 2024, une fille sur quatre a été sollicitée sexuellement en ligne ou par messages téléphoniques avant l'âge de 18 ans. Parmi elles, 80 % avaient moins de 15 ans et 25 % moins de 12 ans [2].

Partager c'est tenter de faire des écrans un sujet d'apprentissage en commun, de découvertes et de conversation, notamment sur nos droits et devoirs en ligne (liberté d'expression, protection des données, respect de la vie privée d'autrui, consentement, reconnaître une situation problématique, soutenir, signaler) [3]. Pour partager, pas besoin d'expertise, mais de la curiosité pour apprendre avec eux et parfois grâce à eux.

Partager, c'est aussi s'emparer concrètement des outils numériques pour mieux les comprendre,

---

1. https://www.vie-publique.fr/loi/288274-majorite-numerique-15-ans-reseaux-sociaux-loi-7-juillet-2023.

2. https://www.esafety.gov.au/newsroom/media-releases/1-in-4-girls-sexually-propositioned-online-before-adulthood-latest-research?utm_source=chatgpt.com.

3. Des ressources sont disponibles en annexe.

ensemble. À ce titre, certaines ressources offrent des méthodes accessibles pour explorer l'intelligence artificielle. Vous pouvez tester ensemble Compar:IA, une plateforme publique française, qui permet de comparer jusqu'à 23 modèles d'IA différents, dont ChatGPT, Claude, Gemini, Mistral, DeepSeek. L'outil permet notamment de révéler les biais sur tous les sujets et mesure l'impact environnemental des différents modèles.

L.ibérer du temps sans écrans

> *« Le monde ne cesse de dire qu'il va trop vite. Et c'est vrai, le monde va trop vite.*
>
> *On scroll, on scroll, on match, on passe. Quand j'étais petite, mon père me répétait quelque chose qui m'énervait beaucoup.*
>
> *Il me disait : « Ennuie-toi. » Enfant, je ne comprenais pas. Alors je regardais les gouttes couler le long des vitres de notre voiture et je m'y abandonnais. J'imaginais que les gouttes faisaient une course, bien loin de penser que c'était là la source… Maintenant, j'ai compris. S'ennuyer est une chance. »*
>
> Eléa, 17 ans.

Le deuxième élément du P.L.A.Y. est le L pour libérer du temps sans écran, pour réconcilier vie connectée et déconnectée, redonner un peu de place à l'ennui, à l'imaginaire, aux interactions humaines, aux mouvements des corps et de l'esprit.

Tout le monde n'a pas l'âme de Susan Maushart [1], cette mère australienne qui a pris avec ses trois adolescents le pari radical d'une cure de déconnexion totale pendant plusieurs mois. Elle impose d'abord deux premières semaines sans électricité. À mesure que les jours passent, l'ennui devient un terrain fertile. Cet exemple est extrême et un poil caricatural. À notre niveau, il ne s'agit pas de tout couper, mais de lever les yeux, et d'accorder à ceux qui comptent toute l'attention qu'ils méritent.

Être disponible est un privilège, un luxe, et nous faisons tous, comme nous le pouvons, avec ce que la vie nous permet. Mais nous n'échapperons pas à l'exigence d'exemplarité. Comment demander à nos enfants d'être attentifs si nous-mêmes n'y arrivons pas ?

Libérer du temps sans écran implique de réapprendre à être présent au monde tel qu'il est : parfois calme, souvent bruyant, en désordre mais vivant. C'est, avant tout, une lutte contre soi-même. Une mère me racontait s'être installé un contrôle parental… pour elle-même ! Cela suppose de résister à l'appel constant des écrans, ces « gâteaux pour le

1. Susan Maushart, *Pause : comment trois ados hyperconnectés et leur mère (qui dormait avec son smartphone) ont survécu à six mois sans le moindre média électronique*, NiL, 2013.

cerveau » comme les décrit Elena Pasquinelli [1]. Une lutte inégale, parfois décourageante – surtout quand nos propositions alternatives sont accueillies comme des endives bouillies face à un fondant au chocolat. Pourtant, c'est une lutte indispensable.

Dans sa conférence TEDx, Dino Ambrosi, fondateur du Project Reboot – une initiative pour aider les jeunes à construire une relation plus consciente avec la technologie – s'amuse à faire un calcul [2]. Un adolescent de 18 ans, aux États-Unis, avec une espérance de vie de 90 ans, passera plus de vingt années de son temps libre devant un écran. Il propose ensuite un petit exercice : « Imagine que tu valorises ton temps à 20 dollars de l'heure. Deux heures par jour sur TikTok pendant un mois ? Cela revient à 1 200 dollars. » Une autre manière de se demander ce que « vaut » ce temps libre, si rare et précieux. Une invitation à le traiter comme un capital à investir. Car quand toutes ces années passées à scroller auront filé… que restera-t-il ? James Williams, ancien stratège chez Google, a la réponse : « Sur son lit de mort, personne ne se dit : j'aurais aimé passer plus de temps sur Facebook. »

1. https://www.canal-u.tv/chaines/universite-paris-diderot/embed/48799?utm.

2. Dino Ambrosi, « The Battle for Your Time: Exposing the Costs of Social Media », conférence TEDx.

Le temps sans écran est d'autant plus important que nos enfants vivent coincés entre deux temporalités, d'un côté celle de la performance du temps scolaire, rationalisée, mesurée, et de l'autre celle des réseaux sociaux, « royaumes du temps aboli ». Le pédagogue Philippe Meirieu évoque un étau temporel entre deux contraintes : l'une qui veut former des exécutants performants, l'autre qui les noie dans les pièges d'une connexion permanente. Il appelle notamment à réhabiliter l'éducation populaire, qui a tendance à être ringardisée : « [S]eule la proposition obstinée et renouvelée de terrains d'aventure et de clubs de théâtre, de groupes de musique et de clubs de sport, d'initiatives environnementales et intergénérationnelles, etc. parviendra peut-être à donner de vrais temps libres à notre jeunesse. Des temps où nos enfants et adolescents pourront découvrir qu'il y a plus de plaisir à partager l'inépuisable – la culture, la fête, les échanges de savoirs – qu'à consommer les dernières miettes de l'épuisable [1]. »

Les bénéfices de la lecture, par exemple, ne sont plus à démontrer. Les études sont claires : lire sur écran ne permet pas la même profondeur de compréhension ni la même qualité d'attention que la lecture sur papier [2]. Pour mémoriser, réfléchir, entrer dans un texte, rien ne remplace le contact physique et sensoriel du livre.

---

1. Philippe Meirieu, « Entre Pronote et TikTok, que reste-t-il du "temps libre" de nos enfants ? », *Politis*, n° 1841-1843.

2. Frédéric Bernard, « Lire sur papier, lire sur écran : en quoi est-ce différent ? », *The Conversation*, 22 mars 2019.

Le défi est de rendre progressivement ces alternatives plus désirables, sans s'épuiser en chemin, et de ritualiser ces moments dans le quotidien. Des activités simples : faire des jeux de société ou des jeux de cartes, se promener dans la nature, marcher en ville, explorer de nouveaux quartiers, écrire à la main (journal intime, lettres…), cuisiner, chanter, danser, jouer de la musique, dessiner, bricoler, organiser des jeux de mimes, visiter un musée gratuit le premier dimanche du mois…

France Tiers-Lieux propose également une cartographie nationale accessible en ligne, qui permet d'obtenir des informations sur les activités des tiers-lieux proches de chez vous.

A.ccueillir les émotions

Le troisième pilier du P.L.A.Y. est le A pour accueillir, nos émotions et celles de nos enfants, pour construire une relation de confiance et offrir un espace où chacun se sent entendu, compris et en sécurité.

Un idéal qui se frotte tous les jours aux négociations permanentes, aux stratégies de contournement, aux colères spectaculaires à l'arrêt de la tablette, de la console ou de la réduction du temps d'écran. Dans ce théâtre quotidien, épuisant de répétitions, reconnaissons qu'il faut un courage en béton pour ne pas céder, ne pas crier, ne pas vivre chaque transition comme un terrain miné. Tout en portant la charge de devoir constamment expliquer la limite, proposer l'alternative et maintenir le cap. Reconnaître que l'on a « craqué » n'est pas une défaite : c'est admettre que nous sommes vulnérables, que nous trébuchons, traversés par des contradictions et des épuisements. « Chers parents, je le dis et je le répète : même si les livres de parentalité se refusent à vous l'apprendre et vous font croire qu'il s'agirait là d'un égoïsme bien peu compatible avec votre mission éducative, votre bienveillance peut et doit commencer par vous-mêmes », écrit Béatrice Kammerer [1].

Pour beaucoup de mères, souvent les premières à se sentir responsables, la pression et la culpabilité sont tenaces : celle de ne pas être à la hauteur, de mal « gérer les écrans », ou de ne pas réussir à éviter les conflits. Parfois, c'est la honte qui s'installe, celle d'avoir cédé, d'avoir baissé les bras. Pour commencer, il faut tenter de sortir de l'isolement, parler, partager et se soutenir entre parents.

Les adolescents se ferment vite lorsqu'ils sentent que nous cherchons à diagnostiquer ou condamner : « Tu es accro, ça te rend débile. » Un rapport de Common Sense Media, publié en 2016 avant la

1. Béatrice Kammerer, *L'Éducation vraiment positive*, Éditions Larousse, 2019.

pandémie, montrait déjà que plus de 50 % des adolescents américains se disaient eux-mêmes dépendants. Cette conscience est déjà là, il s'agit de la reconnaître et d'en parler avec eux. Une adolescente de 14 ans me confiait : « Après avoir passé des heures à scroller sur TikTok, je me sens complètement frustrée. Y a pas pire moyen pour se vider la tête. Tu n'as pas ce sentiment d'accomplissement que tu peux avoir après avoir regardé un film, qui a un début et une fin. Tu n'as que du vide. Moi, je ne serais pas contre interdire les réseaux sociaux avant 15 ans. Je me demande juste : avec quoi on comblerait ce vide ? »

Il peut également arriver, parfois par accident, que nos enfants soient exposés à des images choquantes ou inadaptées à leur âge : une scène violente dans un film, des images de catastrophe naturelle, un contenu pornographique ou encore des photos de guerre. Dans ces moments, notre premier réflexe est souvent la panique ou la culpabilité. Comment aider l'enfant à nommer, à comprendre et réguler ses émotions, dans un monde où l'immédiateté et le flux des contenus peuvent rendre ces processus plus complexes ?

Au Clémi, nous avons notamment conçu une « trousse de secours en cas d'accidents d'images », élaborée par le psychiatre Serge Tisseron et la directrice scientifique du Clémi, Isabelle Féroc-Dumez [1].

---

1. « Trousse de secours en cas d'accident d'images », Guide de la Famille Tout-Écran, Clémi, 2023. www.clemi.fr/familles/

L'exposition à des images ne provoque pas uniquement des questions cognitives (« est-ce vrai ? », « pourquoi ? »), mais avant tout des émotions. Ce que les enfants ressentent – peur, angoisse, tristesse – précède souvent ce qu'ils peuvent comprendre. Et plus ils sont jeunes, plus leurs repères pour faire la différence entre fiction et réalité sont fragiles.

Le cas d'une petite fille qui a vu un film de Harry Potter en cachette avec ses cousins plus âgés illustre bien cela. Quelques jours plus tard, elle fait des cauchemars. À cet âge, les enfants ne peuvent pas encore contrôler l'intensité de leurs émotions. Ce qui les effraie n'est pas seulement le contenu de l'image, mais leur incapacité à gérer ce qu'ils ressentent. Dans cette situation, il est essentiel de rassurer l'enfant en lui expliquant, par exemple, que les monstres qu'elle a vus ne sont pas réels. On peut l'aider à reprendre pied en l'invitant à dessiner ce qu'elle a vu, puis à mettre des mots sur ses émotions. Ce travail symbolique est essentiel pour qu'elle ne reste pas seule face à ce qui la dépasse.

Autre situation : les catastrophes naturelles vues au journal télévisé. Là encore, un tout-petit ne comprend pas la distance géographique ou la rareté de l'événement. Il peut alors croire que cela peut lui arriver. Sur une carte, lui pointer où s'est déroulée la catastrophe, lui assurer que les secours existent, et

---

publications/le-guide-de-la-famille-tout-ecran/proteger-les-enfants-des-images-violentes/trousse-de-secours-en-cas-daccidents-dimages.

surtout lui dire que ses parents sont là pour le protéger.

Avec les enfants plus âgés, d'autres types de contenus problématiques peuvent surgir. En France, près d'un enfant sur trois a déjà été exposé à des contenus pornographiques avant l'âge de 12 ans, et 62 % des jeunes ont vu leurs premières images pornographiques avant 15 ans [1]. 51 % des garçons de 12-13 ans se rendent sur des sites pornographiques chaque mois [2].

Dans la trousse de secours, nous présentons la situation d'un garçon de 8 ans qui a vu des images pornographiques sur le téléphone d'un camarade. Il sent que quelque chose ne va pas. La première chose à faire est de le féliciter d'en avoir parlé. Ensuite, on peut lui expliquer que ce qu'il a vu n'est pas l'amour, mais une mise en scène, souvent violente. On peut aussi lui dire que les films pornographiques sont joués par des acteurs, parfois avec des effets spéciaux. Et rappeler que l'amour, le vrai, est une rencontre, un échange, un respect mutuel.

À l'adolescence, les émotions sont vives et les images peuvent marquer profondément. Prenons le cas d'une adolescente de 16 ans qui a vu des photos

1. https://e-enfance.org/decision-historique-lassociation-e-enfance-3018-obtient-le-blocage-de-plusieurs-sites-pornographiques/.

2. https://www.arcom.fr/se-documenter/etudes-et-donnees/etudes-bilans-et-rapports-de-larcom/frequentation-des-sites-adultes-par-les-mineurs.

des camps de concentration nazis sur Internet. Sidérée, révoltée, il est important de reconnaître son trouble. Ces images sont vraies. Oui, l'humanité a été capable de cela. Mais on peut aussi lui montrer des exemples de résistance, comme l'histoire du village de Saint-Agrève où des enfants juifs ont été cachés et protégés. Cela permet de réintroduire l'espoir et la capacité humaine à agir autrement.

Cette adolescente, comme d'autres, peut être aussi piégée dans une spirale d'images anxiogènes lors d'attentats ou de drames qui traversent l'actualité. Elle se renferme et continue pourtant à les regarder. Dans ce cas, il faut lui expliquer que les réseaux sociaux amplifient les peurs et les rumeurs. Il est crucial de parler avec elle de ses sources et de distinguer ensemble ce qui relève du ressenti et des faits.

Pour les adolescents, les réseaux sociaux constituent un territoire émotionnel intense, qui mérite toute notre attention. Il peut favoriser des comparaisons incessantes qui sapent l'estime de soi, un besoin d'approbation sociale qui peut virer à la dépendance. Mais c'est aussi un espace de découvertes émancipatrices, de nouvelles formes d'expression créative et citoyenne.

Dans les ateliers menés avec l'association la ZEP, nous avons travaillé avec des élèves de troisième à Clichy-sous-Bois et à Aulnay-sous-Bois. À travers des autoportraits numériques, ils parlent d'eux, de leur rapport aux écrans, de leur vulnérabilité. Ils enquêtent sur leur propre vie. Et leurs émotions sont là, toujours, au centre. Le travail de la chercheuse Sophie Jehel éclaire ce processus : elle parle de leur « travail émotionnel ». Le numérique est un espace où les adolescents expérimentent, s'exposent et s'éprouvent. Et ce travail émotionnel mérite d'être reconnu pour ce qu'il est : un chemin vers eux-mêmes.

Le traumatisme créé par des images est soulagé lorsqu'on en parle avec quelqu'un de compréhensif et déculpabilisant. Si votre enfant ne veut pas vous parler, peut-être le pourra-t-il avec un autre membre de la famille (grands-parents, oncle, tante…) ? Si c'est impossible, proposez-lui d'en parler avec un professionnel de santé (pédopsychiatre, psychologue, psychothérapeute), qui a l'habitude de recevoir la parole des enfants et adolescents sans porter de jugement.

Ouvert 7 j/7 jusqu'à 23 heures, le 3018 est un service gratuit et confidentiel qui permet de signaler et de faire supprimer en quelques heures les contenus et comptes préjudiciables rencontrés sur Internet ou sur les réseaux sociaux. Accessible par téléphone, chat, et WhatsApp, ce service propose un accompagnement psychologique, juridique, et technique pour aider les jeunes à sortir de situations de détresse en ligne. Ce qui renforce l'efficacité du 3018 est son statut de « signaleur de confiance » auprès des principales plateformes numériques ce qui signifie que les signalements effectués par e-Enfance sont priorisés et traités plus rapidement, permettant un effacement accéléré des contenus violents ou illégaux.

Y.es (or no)

Le quatrième instrument du P.L.A.Y. est le Y, pour yes (or no), un cadre qui permet de savoir à quoi on dit « oui », à quoi on dit « non », à un instant donné.

Longtemps, nous avons navigué à vue et géré les problèmes au fil de l'eau, au moment où ils surgissaient. Ce mode réactif montre vite ses limites : il épuise, génère disputes et contradictions. Il nous place toujours un temps en retard sur ce qui se joue. Or, dans un monde où les premières fois arrivent de plus en plus tôt – premier téléphone, premier compte sur un réseau social, premières images pornographiques, premiers usages de l'intelligence artificielle –, l'anticipation soulage. L'idée est de penser un cadre avant que les habitudes ne s'installent, avant que la discussion ne devienne un rapport de force. Car négocier après coup, c'est souvent plus compliqué et douloureux. Dans un atelier parentalité, une mère désemparée confiait : « Je ne sais plus comment dire à ma fille de 15 ans d'éteindre son téléphone. Je n'aurais pas dû l'autoriser à dormir avec, mais maintenant c'est trop tard, je suis coincée… Je la trouve parfois éveillée en pleine nuit, ça me rend dingue. »

Ce que nous cherchons, c'est une alliance pour la paix : un pacte de connexion. Si les outils de contrôle parental peuvent être de précieux alliés, ils ne pourront pas se substituer au dialogue. Le cadre n'est pas figé, il évolue avec le temps. Il doit être pensé avec l'enfant, pas contre lui, et gagne en légitimité quand il s'applique à tous.

Avec les adolescents, il s'agit de sortir de l'impasse du « toi contre moi » pour aller vers « nous contre les big tech [1] ». Il s'agit de reconnaître que nous partageons une vulnérabilité commune face à des systèmes conçus pour capter notre attention.

On peut commencer par instaurer des rituels sans écrans et des temps dédiés, selon ce qui fonctionne pour chacun. Des règles simples, comme celles définies par la psychologue Sabine Duflo [2] : pas d'écran dans la chambre de l'enfant, pas à table, pas le matin, pas le soir avant de s'endormir.

Ce qui rend une règle légitime, c'est aussi l'explication qu'on en donne. Ce qu'elle protège : le sommeil, l'attention, la santé. Quand l'enfant comprend le sens derrière la limite, il ne la subit plus de la même manière. Lors d'un atelier, des parents ont raconté comment, après avoir banni les écrans le

1. Dino Ambrosi, « *The 3 biggest mistakes parents make when discussing screen time* », Projet Reboot.

2. http://www.sabineduflo.fr/vous-et-les-ecrans-conseils-pratiques/.

week-end pour revenir aux jeux de société, l'ambiance s'était tendue. Personne n'y trouvait plus son compte. Plutôt que de s'entêter, ils se sont adaptés : deux soirs par semaine, chacun choisit un film à tour de rôle. C'est devenu un rituel attendu et qui a du sens pour tous.

Ce cadre ne pourra pas tout prévoir, et ce n'est pas grave. Il peut aussi contenir des souplesses, des exceptions : des soirs où on aura besoin de souffler, des jours où l'on dira oui à (presque) tout – comme un *yes day*, où l'on suspend les règles dans les limites du respect, de la sécurité et du bon sens. Ce sont ces respirations qui donnent au cadre sa juste mesure : ni carcan ni laxisme.

La parentalité numérique est une aventure collective. Au-delà des débats sur ce qui relève de la responsabilité des plateformes, elle doit se mettre en marche localement avec l'appui des associations et des lieux ressources autour de l'école. Retarder au maximum l'âge du premier téléphone ou l'inscription sur les réseaux pour les plus jeunes (15 ans idéalement) est un sujet qui mérite d'être abordé collectivement, avec d'autres parents, à l'échelle d'un établissement scolaire, d'un quartier. En Espagne, Elizabeth Garcia, une mère vivant à Barcelone, professeure de danse, a créé le groupe Telegram « Adolescence libre de portable », qui compte plus de 10 000 membres et s'étend à travers tout le pays. L'objectif : retarder l'âge de l'accès aux smartphones pour éviter que les enfants sans téléphone se sentent exclus. Dans la ville basque de Tolosa, un réseau de commerçants prête ses téléphones aux enfants pour joindre leurs parents, une initiative que d'autres villes souhaitent adopter [1].

Des racines et des ailes

> *« Nous ne sommes pas de taille face aux Gafam. Et en même temps, nous sommes les seuls à être de taille pour éduquer et protéger nos enfants. »*
>
> Élie, papa de deux enfants de 9 et 12 ans, 2025

Et si la « guerre contre les écrans » révélait, en creux, le symptôme d'un renoncement qui nous dépasse ? Notre désarroi ne doit pas servir de paravent à l'inaction : absence de régulation des géants du numérique, sous-financement des politiques de soin et d'éducation aux médias et à l'information, inégalités sociales qui s'aggravent. Car interdire sans accompagner, ce n'est pas nous aider.

De plus en plus de collectifs, d'experts, d'éducateurs, d'associations, agissent à différentes échelles.

1. Sandrine Morel, « En Espagne, des parents se mobilisent pour interdire les portables aux enfants jusqu'à 16 ans », *Le Monde*, 12 décembre 2023.

Le « Safer Internet Day » est une initiative mondiale pour promouvoir un usage plus sûr et responsable du numérique, en particulier chez les jeunes. Chaque année, des écoles, des associations, des institutions s'en emparent et organisent des ateliers, des débats, des campagnes d'information. De son côté, l'Unicef mène des programmes d'inclusion numérique dans plusieurs pays à faible revenu, avec un double objectif : garantir un accès équitable aux technologies tout en veillant à la protection des enfants en ligne. J'ai l'honneur de marrainer la première « Digital Parenting School » au Cameroun, dirigée par Marie Oli Bilias et née sous l'impulsion de l'association Eduk Media Cameroon.

Aux États-Unis, Common Sense Media ; au Canada, Habilo Média, Pause ton écran ; au Royaume-Uni, Parent Zone ; en France, l'UNAF et ses UDAF, l'OPEN, Internet sans crainte, e-Enfance, Génération Numérique, etc., offrent soutien et ressources pour accompagner parents et enfants. Au niveau de la société civile, le collectif français Algos Victima, fondé en avril 2024 par l'avocate Laure Boutron-Marmion, a pour objectif de faire reconnaître la responsabilité juridique des plateformes numériques, en particulier TikTok, dans les préjudices subis par les utilisateurs mineurs, tels que la dépression, les troubles alimentaires ou le suicide.

Un proverbe africain dit qu'il faut tout un village pour élever un enfant. À l'ère numérique, ce village doit lui aussi se réinventer. Faisons émerger des mouvements, des ripostes citoyennes, à hauteur de parents, grands-parents, éducateurs, qui commencent par des regroupements. Des collectifs, des cercles de parole par exemple, simples, ouverts, solidaires, entre amis, voisins ou des inconnus. Pour se parler, s'écouter sans se juger, pour rompre l'isolement. Nous avons déjà commencé, discrètement, localement. Ce n'est pas un vœu pieux lancé à la volée, mais une expérience en cours qui transforme. On choisit un thème et on coupe les portables. On discute en amont de l'organisation pour faire garder les enfants. On mêle les âges, les parcours, les expériences. On ouvre un espace pour faire résonner nos peurs, nos joies et nos espoirs. La force de ce que nous pouvons construire collectivement est réelle.

Toutes ces initiatives, chacune à leur manière, rappellent que la question du numérique ne peut être laissée à la seule responsabilité individuelle : elle nécessite des actions collectives. La parentalité numérique doit aussi faire une place au lien intergénérationnel. Pour beaucoup d'enfants, les grands-parents sont une présence précieuse, familière et rassurante dans leur quotidien. Une enquête de l'UNAF de 2024 montre que trois quarts des parents interrogés s'inspirent de leur propre mère pour élever leurs enfants. La sérénité, l'optimisme et la générosité de la mienne sont une source profonde de réconfort. Je lui laisse donc le mot de la fin : « Avec les écrans comme le reste, la base de tout, c'est la communication. Discuter, parler, même si l'enfant n'écoute pas, il entend. Et ça finit par entrer. Il faut leur dire tous les jours : s'il y a quelque chose qui t'inquiète, tu peux m'en parler. [...] Il faut se demander : quelles sont les valeurs qu'on veut transmettre ? L'honnêteté, le sens du travail, le respect, la patience... Et leur dire qu'on les aime, qu'on est là pour les aider à avancer. »

À tester !

Ces propositions sont là pour ouvrir le dialogue et créer du lien. Quelques idées à tester, adapter et transformer selon l'âge, le moment et l'envie.

Pour partager la vie numérique de nos enfants et accueillir leurs émotions

Avec les petits

• Après une courte vidéo, demandez à votre enfant ce qu'il a retenu ou préféré... puis sortez les crayons et amusez-vous ensemble à dessiner son moment ou personnage préféré.

• *Qu'est-ce que tu aimes tant dans ce jeu ? Tu me montres en jouant avec moi ?*

• *Tu as déjà remarqué si tu te sens différent après avoir lu un livre ou vu une vidéo ? Un peu plus joyeux, rêveur ou énervé ?*

• Vous ne pouvez pas regarder le dessin animé ou le film avec lui ? Dites-lui au préalable que vous comptez sur lui pour vous raconter l'histoire après, ça musclera son attention, et résumer avec ses mots lui fera travailler son esprit de synthèse.

• (Après une crise) *Arrêter la tablette t'a mis dans tous tes états… Tu veux me dire ce qui s'est passé ?*

Avec les plus grands

• (À propos des agents conversationnels) *À ton avis, on peut tomber amoureux d'une machine, même si elle n'a pas de cœur, pas de corps, pas d'émotions ?*

• *Si tu devais payer pour ton appli préférée (avec ton argent de poche, par exemple), tu serais prêt à mettre combien ?*

• *Est-ce qu'il y a des vidéos ou des créateurs qui te font réfléchir ? J'aimerais bien découvrir ça avec toi.*

• *Il y a eu des vidéos, posts ou commentaires sur les réseaux qui t'ont touché cette semaine ?* ou *Dans ton fil d'actu, qu'est-ce qui t'énerve, te stresse… et qu'est-ce qui te fait sourire ou te détend ?*

• *Si un jour quelqu'un t'écrivait un truc blessant sur les réseaux, tu réagirais comment ? Viens, on y réfléchit à deux.*

• *Quand tu utilises l'IA, c'est pour apprendre, comprendre… ou juste pour aller plus vite avec les devoirs ?*

• *J'ai lu un article/vu une vidéo qui m'a fait réfléchir. Je te l'envoie et on en parlera* ?

Pour libérer du temps sans écran

Si votre enfant vous dit : « Je m'ennuie sans écrans ! », répondez-lui avec un brin de malice : « Ah, intéressant… je me demande comment tu vas t'y prendre pour résoudre ce problème ! »

Si les écrans disparaissaient pendant une journée, tu t'occuperais comment ? On relève le défi ?

Mettre en place de nouvelles routines déconnectées. Des rituels de sorties en famille, avec d'autres familles amies. Se lancer dans des microvoyages, des petites aventures, simples, locales et accessibles, parfois juste au coin de la rue, explorer de nouveaux quartiers, au bout d'une ligne de bus, le temps d'une journée ou quelques heures.

Yes or no

Pour entamer un dialogue ensemble autour des règles, vous pouvez organiser une activité créative en transformant une simple boîte à chaussures en coffre pour y déposer les écrans aux heures de la déconnexion. Fabriquez-la ensemble, décorez-la à votre façon : paillettes, dessins, stickers… Un tuto est disponible sur le site Croc'écran pour vous guider.

Vous pouvez créer votre propre charte *yes or no* à chaque temps fort : nouveau smartphone, nouveau réseau social, nouvelle console… Pour vous inspirer, une charte en accès libre est proposée par *Okapi* [1].

En résumé

- Le numérique transforme la parentalité.
- Les tensions autour des écrans révèlent des enjeux plus larges : inégalités sociales, solitude et fatigue.
- Face aux injonctions multiples (éduquer, protéger, responsabiliser, limiter…), les parents se sentent isolés et souvent impuissants.
- L'idée centrale de ce chapitre est de développer une parentalité numérique « suffisamment bonne ».
- La boussole P.L.A.Y. offre des pistes concrètes :
- P.artager la vie numérique de son enfant
- L.ibérer du temps sans écran
- A.ccueillir les émotions
- Y.es or No, poser des limites claires et évolutives

1. Jean-Yves Dana, « Parents-ados : et si on levait les yeux de nos écrans ? », *Okapi*, 29 octobre 2024.

• Le numérique doit devenir un terrain d'apprentissage partagé. L'objectif n'est pas de tout maîtriser, mais d'avancer ensemble dans une imperfection assumée.

Au corps à corps avec les écrans

Dans le milieu amphinétique, la nage numérique exige beaucoup moins d'efforts physiques que le déplacement sur la terre ferme. Nos corps flottent grâce à la poussée d'Archimède, cette force verticale et ascendante, similaire au mouvement du scroll. Dans l'océan numérique, nous n'avons plus besoin ne nous lever pour chercher à manger car Deliveroo vient à nous, le service livraison du fast food Burger King en a récemment fait un de ses slogans : « Mangez, bougez pas ». Plus la peine, non plus, de nous aventurer dans notre librairie de quartier et d'attendre une commande pendant trois jours, Amazon Prime nous la livre en vingt-quatre heures. Un besoin urgent de dentifrice ? Les start-up urbaines du dernier kilomètre nous apportent les produits souhaités en moins de dix minutes pour quelques euros. Beaucoup d'entre nous avons profité de ces livraisons lors des confinements des années Covid. Le télétravail, les cours en ligne, tous ces usages du distanciel imposés par nécessité se sont par la suite installés dans nos pratiques. Les entreprises peinent à faire revenir au bureau leurs employés, certains professeurs d'université proposent des visioconférences par facilité, et nous cédons trop souvent sans la moindre culpabilité au confort du « technococon », pour reprendre l'expression d'Alain Damasio [1]. Pourquoi se rendre au cinéma de quartier alors que nous pouvons en un clic regarder un film sur Netflix ?

Les grandes victimes de cette économie de la flemme sont nos corps. Face aux écrans, nous n'avons plus besoin de bouger, ce sont nos données qui circulent à notre place, et peut-être demain, nos avatars au sein d'un métavers ressuscité. Nous cherchons dans la technologie la possibilité d'augmenter notre efficacité tout en limitant nos efforts. Personne ne se plaindra des avantages du lave-vaisselle ou de l'ascenseur, mais Alain Damasio fait un distinguo subtil entre le pouvoir désigné comme la capacité de « faire faire » et la puissance comme « la capacité de faire [2] ». La technologie nous donne du pouvoir tout en nous retirant de notre puissance.

L'industrie du numérique nous plonge en permanence dans la jouissance de la délégation, nous n'avons même plus besoin de choisir ; l'algorithme de recommandations de Spotify ou d'Amazon nous suggère un contenu ou un produit sur mesure. « On lui a tout

---

1. Alain Damasio, *Les Furtifs*, Gallimard, 2021.
2. Alain Damasio, *op.cit.*, 2024.

délégué : notre sécurité, nos flemmes, nos routines mentales, nos déplacements, notre mémoire et nos archives, nos apprentissages et notre auto-formation, nos flux de conscience, notre façon d'échanger et d'aimer, de travailler et de nous divertir, notre narcissisme et nos pulsions et jusqu'à notre liberté d'agir par nous-mêmes – c'est-à-dire notre autonomie [1]. »

Même lors d'un jogging, le smartphone reste accroché au bras pour analyser nos parcours. Une application comme Strava compte nos foulées, et compare notre performance à celle des autres. Nous expérimentons le « *quantified self* » ou « automesure connectée », pratique née il y a une quinzaine d'années dans la Silicon Valley. L'écran nous coupe de la relation directe à l'effort, car les applications transforment cette expérience en données chiffrées prêtes à la publication. Guillaume Dietsch, enseignant en STAPS à l'université de Paris-Est Créteil, l'analyse ainsi : « L'effort sportif n'a plus de valeur s'il n'est pas enregistré puis partagé… L'individu n'est plus capable de fournir un effort physique pour le bien de sa santé. Il va utiliser le travail de son corps comme un capital sur les réseaux sociaux [2]. » Au bout du chemin, on finit par se demander si l'on court pour soi ou pour les autres. Cette dépendance

1. *Ibid.*, p. 206.

2. Clara Hidalgo, « "Je prends 30 euros pour 10 km" : les "Strava jockeys" payés pour courir à votre place et améliorer vos statistiques sur les réseaux sociaux », *Le Figaro*, 12 avril 2025.

à la performance a fait naître un nouveau job, les « Strava jockeys », ces sportifs amateurs qui empochent de l'argent pour courir à votre place en vous offrant de bons résultats que vous partagerez ensuite fièrement sans dévoiler le stratagème.

Au-delà de cette tendance ridicule, nous avons pris l'habitude de consulter notre téléphone pour savoir si l'on a assez marché ou suffisamment dormi. En captant divers paramètres biométriques et comportementaux, notre smartphone nous fournit en temps réel des évaluations quantitatives qui orientent notre perception. Cette médiation technologique s'insère comme un nouvel intermédiaire entre le monde réel et notre intériorité, court-circuitant parfois notre intuition et nos ressentis. Pour Alain Damasio, « nous nous branchons désormais à nous-mêmes dans un court-circuit de feedbacks quantifiés, de rétroconnexions bouclées, de loops entre nous et nous, lesquelles éparpillent le corps vécu pour nous le ramener en éclats de miroir [1]. »

Dans ce corps à corps avec la technologie, nous devons en permanence nous interroger sur ce qu'elle nous offre et ce qu'elle nous prend. Quels sont les effets secondaires de notre paresse devenue business ? Que reste-t-il de notre corps malmené et parfois même abandonné face à la promesse d'un humain augmenté ?

Gardons espoir, car le corps est une ultime frontière face à la technologie qui peine à le dupliquer tout en cherchant à le transcender.

1. Alain Damasio, *Op.cit.*, 2024.

Pris dans l'œil du cyclone !

Dans l'océan numérique, la vue est un sens sursollicité ; avec les écrans, nos yeux se posent sur des surfaces de plus en plus réduites. Un comportement que la communauté scientifique corrèle avec la montée en flèche de la myopie. L'institut national de l'œil américain estime qu'en 2050 près de la moitié de la population mondiale pourrait être myope, dont 10 % avec des formes sévères [1]. Cette « épidémie de myopie » est partiellement attribuée à l'utilisation prolongée des écrans avec la sollicitation excessive de la vision de près. L'un des mécanismes incriminés est la lumière bleue émise par les écrans LED. Cette lumière qui atteint directement la rétine est suspectée de produire un stress oxydatif aux cellules rétiniennes et de perturber la production de mélatonine en affectant indirectement le cycle circadien. Le manque de pauses visuelles et l'insuffisance d'exposition à la lumière naturelle aggravent le problème. Les jeunes enfants sont particulièrement sensibles aux effets des écrans, avant l'âge de 8 ans, leur cristallin est encore en développement et laisse passer jusqu'à 80 % de la lumière bleue. Ce phénomène rend les enfants plus vulnérables aux dommages rétiniens et à l'interférence avec l'horloge biologique. Selon des experts, ce processus de « myopisation » est exacerbé par un manque d'exposition à la lumière naturelle.

---

1. https://www.nei.nih.gov/about/news-and-events/news/myopia-close-look-efforts-turn-back-growing-problem.

Une méta-analyse réalisée par des chercheurs de Corée du Sud et publiée en 2025 dans la revue JAMA Network Open a compilé 45 études portant sur plus de 330 000 participants âgés de 9 ans en moyenne et conclu que chaque heure supplémentaire d'exposition aux écrans accroît le risque de myopie [1]. Passer quatre heures par jour devant un écran augmenterait ainsi le risque de myopie de 97 %. Comme le souligne Sylvie Chokron, directrice de recherche au CNRS : « Les écrans ou les tablettes constituent un espace très restreint. On se rend compte qu'actuellement les enfants prennent l'habitude de regarder et de faire attention à cet espace tout petit qui est l'écran du téléphone ou de la tablette et perdent l'habitude de traiter un grand champ visuel en y faisant attention, comme celui qui est à l'extérieur, quand on marche [2]. »

Il est donc conseillé, surtout pour les enfants, de jouer en extérieur (au moins une heure par jour), d'être exposé à la lumière naturelle et d'avoir accès à l'horizon. Nous avons beau mettre des paysages en fond d'écran, notre œil est en manque de grands espaces. L'exposition prolongée aux écrans et la sédentarité qu'elle induit nous bouchent l'horizon, et puisque nous naviguons en milieu amphinétique, les

1. Ahnul Ha, Yun Jeong Lee, Marvi Lee, Sung Ryul Shim, Young Kook Kim, « Digital Screen Time and Myopia », *JAMA Network*, 21 février 2025.

2. Thomas Jost, « L'impact des écrans sur le cerveau », « Carnets de santé », France Culture, 23 novembre 2024.

marins savent bien à quel point la limite visible entre le ciel et la mer est importante pour se repérer. L'horizon est un espace de projection de nos imaginaires, une ligne de fuite de nos pensées et une perspective qui nous ramène à notre condition humaine, même lorsque nous l'observons entre deux immeubles. L'accès à l'horizon est un des dix éléments qui « ne peut être volé » inscrit dans la charte du Verstohlen érigée par la philosophe Cynthia Fleury et Antoine Fenoglio. « Voir l'horizon, voir la beauté, voir la lumière naturelle… ressentir par le sens de la vue comment ce milieu nous porte, nous inspire, nous soutient, et sollicite notre prendre soin en retour [1]. »

Bouger ou scroller : le poids des écrans

Nos modes de vie de plus en plus sédentaires conditionnent l'augmentation des cas d'obésité, notamment chez les enfants et les adolescents. Le temps perdu devant les écrans entre en concurrence avec l'activité physique, l'air libre, le mouvement. Les adolescents français ne respectent pas les recommandations de l'OMS : 73 % des 11-17 ans ne font pas les soixante minutes d'activité physique quotidienne conseillées avec pour conséquences éventuelles obésité, diabète, maladies cardiovasculaires et à plus long terme une augmentation des risques de cancer.

1. Cynthia Fleury et Antoine Fenoglio, *Ce qui ne peut être volé*, Tracts Gallimard, 2022.

Les écrans influent également sur les comportements alimentaires en favorisant le grignotage et en exposant les enfants à des publicités pour des produits peu recommandables sur le plan nutritif. Cette dynamique, analysée par Didier Courbet et Marie-Pierre Fourquet-Courbet, professeurs en sciences de l'information et de la communication, repose sur quatre mécanismes principaux qui établissent un lien étroit entre l'usage des écrans et le surpoids. Premièrement, les stimuli visuels et auditifs, omniprésents dans les publicités ou les scènes montrant des personnages en train de manger, peuvent déclencher un grignotage compulsif. Deuxièmement, le message des publicités est insidieux. Les messages vantant des produits riches en sucres, graisses ou sel s'adressent directement aux enfants, influençant subtilement, mais puissamment, leurs préférences alimentaires. Troisièmement, il y a la réduction du temps d'activité physique. Ici, l'équation est simple : chaque minute passée devant un écran est une minute sans jouer, courir, ou bouger.

Enfin, l'utilisation nocturne des écrans perturbe le sommeil, et un déficit déséquilibre la régulation du poids, en augmentant l'appétit et en favorisant la prise de poids.

Faire écran aux bras de Morphée

Reed Hastings, le patron de Netflix, a déclaré en 2017 : « Mon principal concurrent, c'est votre sommeil. » Internet ne s'arrête pas la nuit et les écrans continuent de tourner tant qu'ils ont de la batterie. C'est une bataille silencieuse, une guerre discrète qui se joue chaque soir, des écrans qui scintillent dans l'obscurité et des paupières qui peinent à se fermer. En France, 60 % des enfants et 70 % des adolescents consultent un écran dans l'heure précédant le coucher. Ce sommeil est indispensable pour grandir, apprendre et se construire. Le principal coupable ? La lumière bleue émise par les écrans qui interfère directement avec la production de mélatonine, l'hormone indispensable à l'endormissement. Le cerveau, maintenu en état d'alerte, met plus de temps à s'endormir et le sommeil qui s'ensuit est moins réparateur.

Selon la cohorte Elfe de 2020, les adolescents français dorment en moyenne sept heures par nuit en semaine, bien en dessous des huit à neuf heures recommandées. Ce manque de sommeil pèse lourdement sur leur santé : il altère la mémoire, réduit les capacités d'apprentissage, diminue l'attention et rend plus difficile la gestion des émotions. Il est également associé à des symptômes de dépression, d'anxiété et d'hyperactivité, fragilisant encore davantage la santé mentale des jeunes.

Une enquête menée par le Réseau Morphée auprès de collégiens et lycéens d'Île-de-France révèle qu'un usage des écrans la nuit, même limité à trente minutes, double le risque d'insomnie. Un autre facteur préoccupant est la méconnaissance de ces effets. Une enquête de l'Institut national du sommeil et de la vigilance (INSV) révèle que près de 50 % des parents n'établissent aucun lien entre les écrans et les troubles du sommeil, et 8 % estiment même que les écrans peuvent être bénéfiques avant le coucher.

Un sommeil de qualité loin d'une simple option, est une nécessité. L'Association française de pédiatrie ambulatoire recommande même une heure sans écran avant le coucher. La première heure du matin et la dernière de la journée devraient être préservées, comme des îlots sacrés.

Les adultes sont aussi victimes des écrans en matière de sommeil. Une amie nous a confié qu'il lui arrivait fréquemment d'avoir recours à son smartphone en pleine nuit pendant ses insomnies, les heures de scroll sur Instagram lui donnant l'impression de mettre son cerveau sur off jusqu'à l'épuisement. Elle a bien conscience des effets négatifs de cette stimulation nocturne et sait que lire quelques pages d'un livre serait préférable, mais elle a le sentiment que la lecture lui offre trop de portes de sortie vers ses pensées anxieuses alors que l'écran l'anesthésie. Il est si facile de céder au confort de l'écran hypnotique devant l'effort qu'impose la lecture et, dans ce cas de figure, le problème n'est pas l'écran, mais ce qu'il cache et tente de recouvrir.

Preuve de la prise en compte par les pouvoirs publics des effets des écrans sur la santé, une nouvelle page intitulée « votre enfant et les écrans » s'est invitée dans le carnet de santé des familles depuis le 1er janvier 2025. Des conseils pour alerter contre ses effets négatifs sur le sommeil, l'activité physique, et la vision. Un visuel représente une mère assise sur son canapé, portable à la main, sa fille jouant à ses côtés. Cette image est barrée pour condamner son manque de disponibilité alors qu'un autre visuel plébiscite un couple parental qui joue avec leur enfant [1]. L'intention de valoriser leur lien avec cette petite fille est louable, mais cette image peut être culpabilisante pour une mère qui, seule, n'a pas d'autre choix que d'utiliser son téléphone pour organiser sa journée. Une famille sur quatre en France est monoparentale et 82 % de ces parents isolés sont des mères. Il est facile d'imaginer que les écrans prennent encore plus de place au sein de ces foyers. Cette nouvelle rubrique a au moins le mérite d'aider à déclencher une discussion avec le pédiatre autour des usages des écrans et de les sortir de leur statut d'impensés.

Notre corps est affecté par un usage excessif des écrans, et pour le préserver et éviter qu'il ne s'engourdisse, il faut le remobiliser vers un espace public qui soit terre d'accueil.

---

1. https://sante.gouv.fr/prevention-en-sante/sante-des-populations/enfants/carnet-de-sante.

Comment faire sortir les « enfants d'intérieur » ?

Deux géographes néerlandais, Lia Karsten et Willem van Vliet, ont théorisé dès 2006, avant le développement des réseaux sociaux, le concept « d'enfant d'intérieur » pour désigner ces enfants des villes qui passent davantage de temps dans leur chambre qu'à l'extérieur. Entre l'école et les activités périscolaires dans un espace confiné (gymnase, conservatoire, cours particulier), les enfants vont d'un endroit clos à un autre en passant à peine une heure à l'extérieur, moins que les prisonniers ! Cette assignation à résidence s'explique en partie par le développement technologique : l'essor de la voiture a rendu l'extérieur menaçant, et l'équipement interne (du réfrigérateur à la télévision en passant par l'ordinateur) a contribué à rendre la sphère domestique confortable et attrayante.

L'arrivée d'Internet a accéléré cette « culture de la chambre » où chaque membre de la famille s'y réfugie ; les parents sont rassurés de savoir leurs enfants à la maison avec Internet à leur disposition comme fenêtre sur le monde. Le « dedans » est perçu comme un espace de sécurité totale et le « dehors » comme celui de tous les dangers. La faute à la surreprésentation médiatique de certains faits divers exceptionnels (enlèvement, disparition) et au mythe du pédophile rôdant au coin de la rue. La réalité est évidemment plus complexe, car Internet peut lui aussi être un terrain dangereux pour un enfant vulnérable, et les violences sexuelles exercées sur les mineurs se déroulent bien souvent dans la sphère familiale.

Les enfants se promenant seuls dans la rue ont presque disparu. Dans les agglomérations françaises de plus de 100 000 habitants, 97 % des élèves d'élémentaire sont accompagnés pour se rendre à l'école et 77 % de ceux du collège selon une étude de Harris Interactive auprès de parents [1]. Un enfant qui marche seul dans la ville suscite spontanément inquiétude et suspicion. Anne-Marie Rodenas, la fondatrice du Cafézoïde, un café pour enfants dans le 19e arrondissement de Paris, déclare dans *Le Monde* « que même les familles populaires qui avaient l'habitude de laisser leurs enfants jouer dehors ont été culpabilisées, à force d'entendre qu'ils allaient devenir des racailles si elles ne s'en occupaient pas [2] ».

Je me souviens très bien de mes premiers pas seul dans la banlieue parisienne pour aller à l'école. J'étais alors ce petit garçon de CM1 et devais parcourir 500 mètres pour rejoindre le portail. Le périple commençait par une longue rue avec le bureau de poste en repère, un virage à droite et un peu plus bas la

1. https://harris-interactive.fr/opinion_polls/sondage-aupres-des-parents-deleve-sur-les-trajets-domicile-ecole-et-le-principe-des-rues-scolaires/

2. Clara Georges, « Où sont passés les enfants des villes ? », *Le Monde*, 14 septembre 2022.

porte verte de l'école primaire. La peur m'a traversé les premiers jours, avant de laisser place à un sentiment de fierté et d'accomplissement, celui du frisson de l'autonomie. En tant que parents, notre fils aîné est déjà en CM2, nous n'avons jamais pensé (jusqu'à présent) à l'initier à une pareille expérience. Mais c'est probablement une erreur. Nous sommes sans doute nombreux à avoir bénéficié de davantage d'autonomie que celle que nous accordons désormais à nos enfants.

Nous avons tendance à confondre le danger réel avec les risques théoriques pourtant nécessaires pour mieux les préparer aux imprévus de la vie. Le chercheur américain Jonathan Haidt [1] confirme les bienfaits de l'exposition aux risques pour la confiance de l'enfant, il prône le recours aux jeux libres « pour se développer physiquement, les enfants ont besoin de jouer et de prendre des risques avec leurs corps, les combats virtuels n'ont pas de bénéfices physiques, la surprotection peut entraîner une fragilité et une anxiété accrue à l'âge adulte ».

La parentalité contemporaine tend au règne de la sécurité à tout prix. Finie la possibilité de se perdre, de ne plus être géolocalisable, de s'approprier le dehors sans filet : les enfants sont désormais confinés dans des espaces balisés sous l'œil attentif de parents obsédés par le « risque zéro ». Nous les gardons en vue, dans des aires de jeux aux sols amortissant de toute chute.

1. Jonathan Haidt, *op. cit.*

Le sociologue Clément Rivière auteur de *Leurs enfants dans la ville*[1], constate dans son enquête auprès de parents parisiens et milanais que les enfants non accompagnés ont presque disparu : « [J]'aimerais souligner le rôle essentiel des commerces de proximité. Ils jouent un rôle important à la fois dans l'animation du quartier, mais aussi dans le rassurement des parents ("si tu as un problème, tu entres dans un commerce, tu demandes à m'appeler"). Il y a une forte confiance dans la figure du commerçant. Or, dans de nombreuses villes, le nombre de commerces est en baisse. On le savait depuis longtemps des villes moyennes, mais c'est désormais aussi le cas des grandes villes, notamment avec l'essor des *dark stores*. Ces lieux fermés au public et situés en centre-ville où se préparent les commandes Internet, pour livrer les clients en moins de quinze minutes, alors que les *dark kitchens* prennent la place des cafés et restaurants. Si l'on voulait paraphraser Victor Hugo, on pourrait presque dire : "Un *dark store* qui ouvre, c'est un enfant de moins dans la rue[2]." »

Les écrans poussent les enfants à rester chez eux, et l'économie du numérique remplace des lieux de sociabilité par de sombres entrepôts impersonnels. Nous ne pouvons pas analyser la dépendance des enfants aux écrans sans considérer le peu d'alternatives qu'offre l'espace public avec des aires de jeux

1. Clément Rivière, *Leurs enfants dans la ville*, Presses universitaires de Lyon, 2021.

2. Clara Georges, *op. cit.*

normées, standardisées et drastiquement réduites par la pression immobilière et la quête de rentabilité.

Le philosophe Thierry Paquot, ancien professeur à l'Institut d'urbanisme de Paris, appelle à travers une belle formule à faire des enfants des « chercheurs d'hors » (des chercheurs du dehors) pour entretenir le goût de l'aventure et le sentiment de liberté au-delà des espaces surveillés [1]. Pour lui, l'enfant doit toujours aller chercher ailleurs une autre manière d'éprouver, d'expérimenter et de stimuler ses sens. Il milite pour les classes en extérieur avec promenades, et terrains d'aventures, même en ville, avec des « plaines de jeux » entourant eau, sable, jardins avec une présence d'animaux.

La « commission écrans » préconise de « peupler l'espace public d'alternatives aux écrans pour les enfants, et redonner à ces derniers toute leur place, y compris bruyante ». Ce dernier mot nous renvoie à notre propre seuil de tolérance : vous connaissez cette scène où vous vous réjouissez de passer tranquillement un voyage en train, un livre en main, lorsque vous apercevez deux enfants dans le carré famille qui débutent une partie de cartes endiablée. Le calme s'annonce alors vaincu, mais quelques minutes plus tard, le silence est revenu dans le wagon, les enfants sont absorbés par leurs écrans individuels ! Les parents ont-ils cédé à la tablette de peur de gêner le voisinage ? Ont-ils proposé les écrans par réflexe sans même se poser la question ? Je préfère le

1. Thierry Paquot, *Pays de l'enfance*, Terre urbaine, 2022.

bruit du jeu à l'écran hypnotique, quitte à rejoindre les enfants pour remporter le pli !

En tant que parents, nous connaissons bien les regards réprobateurs, alors qu'un enfant qui vit est naturellement bruyant. Dans le cadre du Txiki, notre festival de cinéma pour enfants à Biarritz, nous avons eu l'occasion de faire quelques escapades en Espagne. Les différences culturelles sont notables, les enfants davantage acceptés dans la rue, les gens parlent plus fort et le bruit ambiant ne semble déranger personne.

Pour finir avec une idée d'aménagement, pourquoi la SNCF ne créerait-elle pas comme le suggère Grégoire Borst des espaces de jeux dans des wagons dédiés ? Cette initiative pourrait être déclinée dans de nombreux espaces pour éviter la plongée dans le grand bain du numérique, car pour sortir la tête de l'eau il faut une berge accueillante à laquelle se raccrocher. Au passage nous pouvons nous demander pourquoi l'entreprise propose à ses jeunes voyageurs de réserver des tablettes et non des livres.

Comment dessiner une ville post-écran ?

61 % des accidents de la route à Séoul impliquent un piéton en train d'utiliser son smartphone. Un phénomène qui a incité la ville à installer des passages piétons avec au sol des panneaux LED synchronisés aux feux de circulation pour avertir le marcheur

connecté de sa couleur rouge ou verte, sans avoir besoin de relever la tête. Cet *« homo numericus »* porte un nom, le « smombie », contraction des mots smartphone et zombie.

Ces aménagements existent également ailleurs en Europe, tristes symboles de villes qui baissent les bras devant l'écran au lieu d'encourager le citadin à lever les yeux. Hubert Béroche a consacré un essai à ces smombies que nous sommes parfois, et son propos n'est pas de leur (nous) jeter la pierre, mais d'imaginer les leviers pour passer des « yeux sur l'écran » aux « yeux sur la rue » pour reprendre le concept des années 60 de Jane Jacobs. Cette philosophe américaine de l'urbanisme a théorisé le fait que la joie et le sentiment de sécurité sont intimement liés à la capacité d'une ville à attirer les regards, à faire en sorte que les citadins veillent les uns sur les autres. Il incombe au « quartier » de pouvoir susciter la curiosité des passants : « À l'âge des écrans, y a-t-il encore des yeux pour regarder la rue ? À l'heure des smartphones et des smombies, la ville peut-elle encore prétendre captiver l'œil contemporain ? » s'interroge Béroche [1]. Pour lui, la ville ne doit pas seulement attirer l'attention, mais aussi la préserver, être un espace de respiration, un lieu où il est également possible de trouver le silence dans un monde toujours plus assourdissant, « le meilleur moyen de capter le regard est encore de le ravir. »

---

1. Hubert Béroche, *Smombies, la ville à l'épreuve des écrans*, L'Aube, p. 119.

Le philosophe et écrivain Gaspard Koenig avance une idée intéressante dans l'une de ses chroniques : « Je propose de plonger le smombie dans l'humus, en ravivant l'idéal de la cité-jardin. L'actuel mouvement de végétalisation urbaine est à prendre très au sérieux. Plantes rudérales spontanées, murs végétalisés, balcons fleuris, trottoirs cultivés, rues débitumées et immeubles jardins dessinent une ville moins minérale, moins abstraite, réconciliée avec son milieu. L'architecture ne vise plus l'éternité mais accepte d'évoluer avec la nature. À l'excitation monotone des images succède le mouvement toujours inattendu du vivant. La cité-jardin réveille les sens et libère l'esprit. Qui voudra encore regarder un écran quand on pourra sentir un chèvrefeuille ? [1] »

Un simple banc dans un petit espace ombragé ou un jardin partagé suffisent bien souvent à déclencher une discussion entre inconnus. Mettre la main à la terre, échanger des conseils, concevoir un projet commun pour tenter de préserver du beau avec un brin de poésie.

Les mauvaises langues pourraient facilement critiquer le côté fleur bleue de la démarche, mais il est précieux de cultiver tout ce que l'écran ne peut remplacer. La puissance d'une discussion les yeux dans les yeux, la rencontre du sensible, du toucher et du charnel. Nous évoquions les conséquences du développement de la voiture qui a rendu la ville plus

1. Gaspard Koenig, « Pour des villes sans écrans », *Les Échos*, 15 avril 2025.

dangereuse en poussant les enfants vers l'intérieur, alors nous ne pouvons qu'encourager les projets qui visent à rendre l'espace aux piétons et à construire des lieux favorisant le lien social.

Les « boîtes à livres » en sont une bonne illustration. Ces petites cabanes imaginées dans les années 90 par un duo d'artistes autrichiens (Clegg & Guttmann) ont essaimé un peu partout à travers le monde. Il y en a désormais plus de 10 000 en France, aménagées parfois dans d'anciennes cabines téléphoniques. Ces boîtes sont en augmentation constante et témoignent du besoin de flânerie et de rencontres fortuites.

À l'image des boîtes à livres, nous croyons en la capacité transformatrice des artistes qui par leurs œuvres ou initiatives nous montrent un chemin et apportent des réponses à des questions contemporaines. Hubert Béroche évoque dans son ouvrage l'expérience du « nuage vert » menée à Helsinki puis à Ivry-sur-Seine par le duo de plasticiens et designers HeHe. Chaque soir pendant une semaine, un étrange nuage vert se formait au-dessus d'une centrale thermique, rien de surnaturel, mais le résultat d'une projection laser sur la vapeur d'eau émise par la centrale, la fumée servant ici de toile dans les cieux. La taille du nuage évolue en fonction de la consommation énergétique des habitants aux alentours. Un spectacle qui a permis d'afficher des données de consommation d'énergie sur une surface inédite et de créer une attraction en provoquant une discussion entre habitants. Sortir du monopole de la ville-écran et trouver d'autres supports d'affichage comme certaines façades à Lyon ou des miroirs d'eau à Nantes.

La ville doit interpeller le passant tout en lui offrant des aires de repos et de flânerie. Au début de son ouvrage *Déconnectez-vous !*, le sociologue Rémy Oudghiri [1] imagine un futur où des bornes de déconnexion peupleront les villes « de petites maisons ou de mini-monastères au milieu des innombrables tours transparentes et high-tech qui accueilleront désormais la majeure partie de la planète. En ces lieux, le silence sera la règle. Un point commun les définira : ici nul n'entrera muni d'un appareil technologique. On les déposera ou on les éteindra avant d'entrer. » Je suis toujours surpris de lire les panneaux dans les parcs et jardins des métropoles qui affichent avec fierté « Wi-Fi gratuit » ! Dans mon quotidien cadencé, le passage par un jardin est un rare moment de répit où je m'efforce de regarder le ciel, d'apprécier le paysage et d'observer les gens qui m'entourent.

J'essaye de ne pas « optimiser » chaque trajet par un appel téléphonique ou de tomber dans le réflexe du scrolling pour combler un vide. La ville devrait faire de ses jardins des espaces de déconnexion plutôt que d'inciter à l'utilisation de l'écran par la gratuité de l'Internet.

1. Rémy Oudghiri, *op. cit.*

Les Tiers-lieux, passerelles entre terre et mer

Si la maison représente le premier lieu, le travail le deuxième, nous plébiscitons le tiers-lieu, tel que défini par le sociologue urbain Ray Oldenburg à la fin des années 80. Ce « *third place* » se veut accessible à tous et intégré à la vie des habitants [1]. Sa fonction principale serait de permettre des relations impossibles dans un esprit de bienveillance, sans jugement ou injonction performative. Au fil de l'expansion du numérique, ces tiers-lieux sont devenus des espaces essentiels pour lutter contre la fracture numérique et la consolidation du lien social. La plupart d'entre eux proposent des ateliers de réparation, de formation ou d'acculturation numérique. Entre la mer (espace numérique) et la terre (espace physique), les tiers-lieux sont des passerelles, des îlots permettant d'accueillir autant les exclus de la révolution technologique que ceux qui y sont trop immergés.

Le tiers-lieu est une fabrique de lien social grâce à la réunion de « corps » pour assister à des conférences ou des spectacles culturels. Reste à parvenir à attirer les publics en les poussant à sortir de chez eux.

Il existe environ 3 500 tiers-lieux en France, dont le tiers en milieu rural. Nous avons eu l'occasion de faire plusieurs séjours avec La Smalah, association landaise d'éducation populaire et de développement

1. Ray Oldenburg, *The Great Good Place*, Berkshire, 1989.

local, première sur ce territoire à pratiquer la médiation numérique dans un café. Ce lieu situé à Saint-Julien-en-Born, petite ville côtière de moins de 2 000 habitants, propose des activités culturelles tout au long de l'année. Son cofondateur et directeur, Vincent Péchaud, a rapidement été confronté à une problématique : comment faire venir les jeunes dans son café ? Plusieurs actions ont été mises en place depuis 2017, année d'ouverture du café : petit-déj bidouille parents-enfants pour découvrir la robotique et la programmation informatique, création de visites guidées par les enfants du village, ateliers vidéo de création de reportages sur des initiatives locales, et même un « club gaming ».

La promesse est simple : vous aimez les jeux vidéo, vous y passez beaucoup de temps, alors venez jouer avec nous une fois par semaine ! Une démarche intéressante pour attirer les jeunes du village et l'encadrement par les médiateurs numériques de l'activité avec le mérite de rassurer les parents qui encouragent leurs enfants à sortir.

Ces adolescents ont rapidement lâché les manettes pour prendre un verre entre gamers et le jeu vidéo est passé au second plan. L'objectif était bien la rencontre de l'autre alors que l'écran comblait un manque de sociabilité physique. En marge de ce club, La Smalah propose des séjours de remobilisation pour jeunes adultes pendant lesquels les participants vont créer une borne d'arcade de A à Z. Une semaine de découverte entre numérique et menuiserie pour des personnes en réinsertion professionnelle.

Du bois et des puces électroniques pour comprendre comment fonctionne la machine, et faire passer le stagiaire du statut d'utilisateur à celui de créateur.

De manière générale, ces lieux sont financés par des subventions publiques et des collectivités territoriales et sont animés et gérés par des associations à l'équilibre économique fragile. Les pressions budgétaires actuelles menacent sérieusement ces lieux et inquiètent leurs fondateurs qui déplorent le manque de reconnaissance. En particulier de la part de collectivités locales pas toujours enclines à faire de ces espaces qui attirent une population « néorurale » une priorité. Il serait pourtant nécessaire de renforcer les tiers-lieux qui participent aux circuits courts de la sociabilité.

Depuis le 21 mai 2024, le Conseil national du numérique a déployé sur notre territoire des centaines de « cafés IA », des moments d'échanges sur la technologie organisés dans différents lieux (cafés, administrations, entreprises, collèges, bureaux de poste, places publiques) pour accueillir les réflexions, espoirs et tourments de milliers de citoyens. « Un café IA permet de prendre la technologie à contre-pied. Là où elle a tendance à nous mettre à distance, nous nous en servons pour créer des espaces de démocratie technique et physique de proximité. L'écoute et la capacité de tous les participants à prendre la parole en sont les principes de base. Un café IA, c'est avant tout un moment pris pour tisser ce maillage démocratique profond à l'ère de l'IA et [faire] face aux périls qui nous animent [1]. »

Faire la paix avec les écrans passe par notre aptitude à tisser des liens, à combattre les effets pervers d'une technologie qui isole et à se saisir à bras-le-corps de la fracture numérique !

Donner corps à un autre imaginaire

Les architectes de la Silicon Valley ne conçoivent pas uniquement nos écrans, ils façonnent également nos imaginaires. D'Elon Musk à Jeff Bezos en passant par Peter Thiel, ces milliardaires ont beau être en concurrence, ils s'accordent tous vers la quête d'immortalité. Lorsque l'on dispose de tant d'argent, que peut-on espérer de plus grand que de repousser les frontières du vivant et d'euthanasier la mort ? Le pape du transhumanisme Raymond Kurzweil qui vit à San Francisco, futurologue et ingénieur en chef chez Google, œuvre depuis des décennies pour un transhumanisme conquérant en développant les progrès scientifiques et technologiques pour « augmenter » l'humain. Pour dépasser ses limites naturelles, il a fondé l'Université de la Singularité, la singularité désignant ce moment où l'intelligence artificielle l'emportera sur l'intelligence humaine. Une fois ce point atteint, la seule manière pour l'homme de survivre serait selon lui de s'hybrider avec la machine : « je considère que l'existence humaine ne dépend pas d'un corps

1. Entretien avec Jean Cattan.

biologique. Tous ces minuscules mécanismes dans le cerveau, dans nos cellules, dans la reproduction sont à la base de nos pensées. Nous pouvons les modéliser sur ordinateur et comprendre que ce sont des machines complexes imbriquées les unes dans les autres… Les machines dépasseront nos capacités, et, en fusionnant avec elles, nous n'allons pas nous amoindrir ! [1] »

La singularité est un mythe qui trouverait bonne place dans les croyances de la Silicon Valley et les progrès récents de l'IA ne peuvent que l'alimenter. Elon Musk aime également brandir cette menace existentielle comme lorsqu'il exige un moratoire sur le développement à tout crin de l'IA pour éviter « l'IApocalypse ». Ce qui ne l'empêche pas de développer ses propres outils d'IA ou de vanter l'importance de ses puces cérébrales Neuralink. Sa start-up vise à soigner des maladies cérébrales ou à réparer des déficiences visuelles ou auditives, mais le projet final est bien d'augmenter l'humain jusqu'à pouvoir un jour transférer sa mémoire vers une autre interface.

Le métavers cultivait les mêmes fantasmes d'une avatarisation où l'humain délesté de son corps peut rêver d'une vie alternative dans le cyberespace. Ces projets chimériques nourris par les récits de science-fiction pourraient nous faire sourire, mais elles sont le marqueur d'un futur où le corps serait inutile pour

1. Roger-Pol Droit, « Ray Kurzweil, icône de l'Amérique transhumaniste », *Les Échos*, 16 mai 2019.

les Gafam. Même si la sociabilité existe dans le monde numérique, rien ne pourra jamais remplacer la puissance d'un échange en face à face.

Les agents conversationnels anthropomorphiques peuvent facilement nous leurrer en créant un sentiment d'attachement, mais aucune machine ne peut se substituer à un geste de tendresse. Ces agents simulent notre raisonnement et dupliquent notre langage mais notre corps reste singulier et irremplaçable, il est plus que jamais un outil de résistance à préserver. Rien ne remplace les milliers de corps qui descendent dans les rues pour manifester. La hausse de la fréquentation du public dans les concerts, la recrudescence de festivals, conférences, événements témoigne de notre besoin de faire corps ensemble en milieu amphinétique.

Pour s'affranchir de l'imaginaire dominant des Gafam qui ne croient qu'à la performance et la course sans fin au progrès, nous avons aussi besoin d'artistes pour revitaliser nos imaginaires en s'émancipant de la figure canonique du cyborg pour explorer d'autres incarnations d'avenir qui renouent avec le corps, la nature, la joie, la confiance. Dans les dernières pages de sa *Vallée du silicium*, Alain Damasio [1] propose en miroir des promesses déçues du cyberpunk de cultiver le biopunk, un « type d'histoire qui envisagerait nos liens intensifiés au vivant – animal ou végétal, bactérien ou fongique – comme une réouverture magnifique au monde ».

1. Alain Damasio, *op.cit.*, 2024.

Prenons-le au mot et faisons de l'amphibien un animal totem et un idéal. En essayant comme lui de nous épanouir dans deux espaces, le virtuel et le physique. Soyons cet être capable de plonger sans se noyer, de profiter de la traversée sans être englué dans un scroll sans fin et de revenir avec joie sur le rivage les uns à côté des autres.

En résumé

- Le corps s'immobilise, le pouce scrolle et l'œil fixe. L'économie de la flemme nous fige dans l'immobilité.

- Les enfants deviennent peu à peu des « enfants d'intérieur ». Leur territoire se rétrécit : moins de jeux libres et d'explorations, de contacts avec l'extérieur et le vivant.

- La question devient alors politique : comment dessiner une ville postécran ? Une ville attractive et accueillante pour les enfants libres d'être dehors en sécurité.

- Les tiers-lieux sont porteurs d'espoir comme espaces partagés, où l'on peut créer, apprendre et fabriquer ensemble.

• Repenser le numérique, c'est aussi redonner corps à un autre imaginaire, des récits pour retrouver un rapport vivant au monde, aux autres et à soi-même.

Éduquer aux écrans : un impératif citoyen

> « *À force de sacrifier l'essentiel pour l'urgent, on finit par oublier l'urgence de l'essentiel.* »
>
> Edgard Morin.

Douze millions et demi d'élèves, autant de futurs citoyens immergés chaque jour dans un océan d'images virales, de récits multiples et d'algorithmes au fort pouvoir addictif. On les qualifie souvent de « *digital natives* », comme si le simple fait d'être né dans ce monde connecté leur conférait une compétence innée pour y évoluer. C'est une illusion. Être nés dans une société amphinétique ne fait pas naturellement d'eux des amphibiens. Naviguer de manière lucide et équilibrée exige un apprentissage, des savoirs et des compétences, qui doivent s'apprendre dès le plus jeune âge et se poursuivre tout au long de la vie.

L'éducation aux médias et à l'information est définie comme l'une des compétences du XXIe siècle par plusieurs organisations internationales (OCDE,

Unesco, Unicef, Conseil de l'Europe). Son objectif « est de permettre aux élèves d'exercer leur citoyenneté dans une société de l'information et de la communication, de former des citoyens éclairés et responsables, capables de s'informer de manière autonome en exerçant leur esprit critique [1] ».

Tout le monde a un avis sur ce que l'École devrait faire. Les attentes sont immenses et parfois contradictoires. Pour clore notre traversée, nous voulons montrer pourquoi et comment une éducation citoyenne au numérique doit s'enraciner au sein de l'École. Elle ne peut pas reposer uniquement sur notre responsabilité individuelle : c'est un enjeu de justice sociale. Elle engage notre cohésion nationale, en inoculant chez les futurs citoyens des « anticorps » intellectuels face la toxicité de la désinformation. Enfin, c'est un facteur d'épanouissement personnel : repérer les mécanismes de captation de l'attention, c'est apprendre à protéger sa santé mentale et physique.

Soigner les « blessures d'information » par des « ateliers de démocratie », pour reprendre les mots de l'universitaire Jacques Gonnet, et fondateur du Clémi, n'a jamais été aussi utile. Partout en France, des enseignants relèvent ce défi, épaulés par une constellation d'intervenants, pour accompagner celles et ceux qui feront le monde de demain.

---

1. https://www.education.gouv.fr/bo/22/Hebdo4/MENE2202370C.htm.

Dès 2018, une majorité de Français – 7 sur 10 – déclarait que l'école devait former les élèves à l'éducation aux médias et à l'information. Pourtant, sur le terrain, le déploiement reste fragmenté et inégal. On en parle beaucoup, on empile rapports, circulaires et bonnes intentions. Dans les faits, une moitié seulement des élèves déclare en avoir bénéficié [1].

Quand on me demande ce que je fais dans la vie, ça ne tient pas en un mot. La version la plus basique est : « Je travaille au Centre pour l'éducation aux médias et à l'information. » La plupart du temps, je lis en retour dans les yeux de mes interlocuteurs non-initiés un léger flottement, un regard oblique. Ce flou traverse la place même de l'éducation aux médias et à l'information dans le système éducatif qui est présente de manière transversale dans les programmes scolaires, mais n'est pas une discipline à part entière comme les mathématiques ou le français. Par ailleurs, c'est un champ évolutif. On y parle de la presse, de l'actualité, des images, des réseaux sociaux, de l'économie de l'attention, des algorithmes, des intelligences artificielles… Nous pouvons parler plus directement de sa finalité : le développement d'une citoyenneté à l'ère numérique.

Cela fait dix ans que je travaille au Clémi, mais je ne parle pas ici en son nom. J'ai rencontré des centaines

1. S. Jehel, étude, Cnesco, 2018.

d'enseignants et de formateurs dont la passion, la ténacité et l'expertise forcent l'admiration, dont l'engagement dépasse largement les heures de travail officielles, tout en restant pourtant dans l'ombre. J'ai aussi collaboré avec des journalistes, des professionnels des médias, des chercheurs, des experts du numérique, des acteurs du monde associatif, de la santé ou du social, tous œuvrant pour soutenir cette éducation. Malgré le manque de moyens, les incertitudes, les tempêtes politiques, ils agissent. Au-delà de la diversité des approches, toutes et tous partagent une conviction : cette éducation est devenue une langue à maîtriser, dont la grammaire structure désormais notre citoyenneté contemporaine. Pour Nathalie Sonnac, professeure à l'université Paris-Panthéon-Assas, il est temps qu'elle devienne le « nouveau Bescherelle » de l'Éducation nationale.

Face aux tempêtes informationnelles

> *« À la différence de la guerre conventionnelle, la guerre de l'information n'a ni début ni fin, et brouille les distinctions traditionnelles entre l'état de guerre et l'état de paix, entre ce qui est officiel et ce qui est secret, entre opérations étatiques et opérations non étatiques, en raison du recours massif et quasi systématique à des sous-traitants, des mercenaires. »*
>
> David Colon, la guerre de l'information [1].

1. Aude Dassonville, « "La guerre de l'information" : un fléau perpétuel, asymétrique et sans échappatoire », *Le Monde*, 6 décembre 2023.

Le rapport publié en mai 2025 par Viginum, le service français chargé de la lutte contre les ingérences étrangères, révèle une montée en puissance des techniques de désinformation russe, de plus en plus sophistiquées. Montages photo et vidéo générés par IA, usurpation de logos de médias, faux articles, documents et journalistes. Viginum recense au moins 20 opérations ciblant 4 scrutins majeurs : les européennes de juin 2024, les législatives en France le mois suivant, l'élection présidentielle américaine de novembre 2024 et les élections fédérales allemandes de février 2025 [1]. L'organisation NewsGuard alerte également sur l'intoxication des agents conversationnels (type ChatGPT) instrumentalisés pour propager de la désinformation.

L'océan numérique est un champ de bataille informationnel et cognitif, où s'affrontent pouvoirs, stratégies d'influence et logiques de contrôle, où chaque citoyen peut devenir un « potentiel soldat », à son insu. En démocratie, le droit d'informer et celui d'être informé sont indissociables, sans eux, pas de débat public digne de ce nom, pas de démocratie vivante. « L'éducation aux médias est d'abord une prise de conscience de ce monde médiatique, de l'obligation vitale, individuelle et collective, d'en apprendre les données, comme on apprend à lire et

---

1. www.sgdsn.gouv.fr/publications/analyse-du-mode-operatoire-informationnel-russe-storm-1516.

à écrire, pour ne pas devenir analphabète », écrivait en 2001 Jacques Gonnet [1]. Près de vingt-cinq ans plus tard, 94 % des jeunes s'informent désormais par les réseaux sociaux [2], qui sont devenus leur principale porte d'entrée à l'information [3].

Si ces réseaux sont interdits avant 15 ans, et que les enfants n'ont pas reçu d'éducation citoyenne au numérique, que se passera-t-il lorsqu'ils y plongeront ?

Alors que le Web reposait autrefois sur des liens hypertextes favorisant une navigation volontaire, les algorithmes de recommandation orientent désormais nos explorations. Comme l'explique Anne Alombert, la « toile » s'est peu à peu refermée en silos. Elle alerte sur le fait de confier à des entreprises privées, guidées par des logiques commerciales (notamment la revente

1. Jacques Gonnet, *Éducation aux médias. Les controverses fécondes*, Hachette, 2001.

2. « Le rapport des jeunes à l'information », Ipsos, Médias en seine, 2022. www.ipsos.com/fr-fr/un-jeune-sur-deux-declare-ne-sinteresser-quun-peu-lactualite.

3. Face aux bouleversements technologiques et sociaux du début du XXIe siècle, l'éducation aux médias s'est transformée pour devenir l'éducation aux médias et à l'information (ÉMI). L'information n'y est plus seulement pensée comme actualité (« *news* »), mais dans une acception plus large : un savoir structuré transmis par un document, et une donnée numérique à interroger (la *data*). https://www.clemi.fr/sites/default/files/clemi/Ressources/ressources%20p%C3%A9dagogiques/brochure2017-2018.pdf.

de données), le pouvoir de sélectionner les informations selon des critères de popularité. Qu'une vidéo cumule un million de vues ne dit rien de sa véracité. Nos interprétations de l'actualité sont sans cesse filtrées et court-circuitées par des logiques statistiques et commerciales qui polarisent les débats. L'accès à une information diversifiée, compréhensible et librement choisie constitue pourtant un enjeu fondamental pour la survie de nos démocraties.

Lutter contre la manipulation de l'information suppose en premier lieu de reconnaître ce qu'est une information fiable. Apprendre à distinguer un fait d'une opinion, à évaluer la crédibilité d'une source, à questionner les intentions qui sous-tendent un contenu. Sans ce socle, toute stratégie de « lutte contre les *fake news* » risque de se réduire à une posture défensive, moralisatrice, souvent inefficace, parfois même contre-productive. Il ne s'agit pas d'imposer une vérité « d'en haut », mais de créer un espace où le savoir se construit collectivement, dans le dialogue et la confiance, à travers notamment la production d'information, la connaissance des modèles économiques des plateformes et des techniques de vérification, et l'exercice du discernement.

En classe, travailler sur la désinformation peut s'avérer périlleux. Dans un contexte de défiance croissante envers les institutions, certains élèves se retrouvent en tension entre plusieurs systèmes de valeurs, ou dans un conflit de loyauté entre ce qu'on leur dit à la maison et ce qu'ils apprennent à l'École. Comme le souligne Karen Prévost-Sorbe, référente académique à l'éducation aux médias et à l'information de l'académie d'Orléans-Tours, il est essentiel d'éviter l'affrontement direct lorsqu'on aborde le complotisme. « Répondre argument contre argument peut vite devenir stérile et piéger l'enseignant, en inversant la charge de la preuve : c'est alors à lui de démontrer qu'il n'y a pas eu de complot, au risque que ses explications soient perçues comme une nouvelle manipulation. » Plutôt que d'opposer des vérités, il faut aider les élèves à comprendre comment naissent ces théories, comment elles circulent, pourquoi elles séduisent et ce qu'elles révèlent de notre société [1].

Attentats, violences policières, accidents, catastrophes naturelles, faits divers… tout est documenté et commenté en temps réel. Les contenus se répandent comme un liquide dans les réseaux numériques. La chercheuse Agnès Yun souligne que ce sont les interactions humaines et non plus les émetteurs traditionnels qui en assurent la circulation,

---

1. Dossier pédagogique « Fake News: art, fiction, mensonge », Exposition fondation EDF, Clémi, 2022. https://www.clemi.fr/ressources/expositions/exposition-fake-news-art-fiction-mensonge/dossier-pluridisciplinaire.

désormais organique[1]. Le 16 octobre 2020, un vendredi d'automne, Samuel Paty, professeur d'histoire-géographie, est assassiné à la sortie de son collège de Conflans-Sainte-Honorine. Il avait montré à ses élèves une caricature du prophète Mahomet, publiée dans *Charlie Hebdo*, lors d'un cours sur la liberté d'expression. Cinq ans plus tôt, en janvier 2015, la rédaction de *Charlie Hebdo* avait été décimée par les frères Kouachi. Cette tragédie s'inscrit à la croisée du terrorisme islamiste, de la désinformation virale et de la vulnérabilité du métier d'enseignant. Parti d'un mensonge relayé par une élève, puis amplifié en ligne par son père, le drame révèle la puissance meurtrière des réseaux sociaux, capables de désigner des cibles, de propager la haine jusqu'à entraîner la mort.

Transmettre l'envie de s'informer

> *« Dans un monde toujours changeant et incompréhensible, les masses avaient atteint le point où elles croyaient simultanément tout et rien, où elles pensaient que tout était possible et que rien n'était vrai.*

1. Frédéric Josué, « Métavers – Internet liquide, média organique, ou comment prendre des décisions dans la complexité du métavers », *Méta-Media*, 13 novembre 2021. https://www.meta-media.fr/2021/11/13/metavers-internet-liquide-media-organique-ou-comment-prendre-des-decisions-dans-la-complexite-du-metavers.html.

> [...] *La propagande de masse découvrit que son auditoire était prêt à tout moment à croire au pire, quelle qu'en fût l'absurdité, et ne répugnait pas particulièrement à être trompé, puisqu'il pensait que de toute manière, toute affirmation était mensongère.* »
>
> Hannah Arendt, *Les Origines du totalitarisme*, 1951.

L'enseignement et l'information reposent sur un principe commun : transmettre pour aider à mieux comprendre le monde. Le numérique porte en lui une promesse inédite : un savoir partagé, accessible, appropriable. Wikipédia, les MOOC (cours et formations en accès libre), les bibliothèques numériques, les vidéos pédagogiques, tout est là, à portée de clic.

Chaque minute, 625 millions de vidéos sont vues sur TikTok, 350 000 tweets publiés, 6,3 millions de recherches effectuées [1]. YouTube diffuse chaque jour 720 000 heures de vidéo. L'abondance devient vertige abyssal. Elle a un coût : l'infobésité et la fatigue informationnelle. « Les flots d'informations, à eux seuls, ne produisent aucune vérité. Ils ne rendent pas plus lucides face à l'obscurité. Plus la diffusion d'informations est importante, plus notre monde devient fantomatique, insondable », écrit à ce sujet le philosophe Byung-Chul Han [2].

1. Laurence Gaiffe, Réseau theophraste, Les défis de l'EMI, ESJ Lille.
2. Byung-Chul Han, *Dans la nuée*, Actes Sud, 2015.

L'école et les médias traditionnels ont peu à peu perdu le monopole de cette transmission, bousculés par la profusion des sources d'information, des canaux d'accès au savoir, mais aussi par un foisonnement de récits alternatifs qui impactent tous les champs de la société. Comme le souligne Iannis Roder, enseignant en histoire-géographie en Seine-Saint-Denis : « La parole de l'enseignant n'est plus une parole au-dessus des autres, mais parmi les autres [1]. »

Le sociologue américain Erving Goffman a montré que, dans notre vie sociale, chacun met en scène son image, comme un acteur, en adaptant ses comportements selon le public et le contexte. Sur les réseaux sociaux, ces différents publics et contextes s'entremêlent. C'est ce que la chercheuse Danah Boyd nomme le *context collapse*, l'effondrement du contexte. Famille, amis, célébrités, médias, influenceurs, inconnus : tous coexistent dans un même espace. Dans ce flux continu, il devient difficile de distinguer, et même de conscientiser, l'acte de s'informer. C'est un de nos défis : cultiver une culture des sources face à l'économie du scroll.

Développer une culture des sources

Cultiver l'esprit critique, c'est avoir la capacité d'accorder sa confiance avec discernement, après

1. Projet Interclass.

avoir évalué la fiabilité des informations, des opinions, des savoirs à notre disposition [1]. Loin des clichés, la majorité des jeunes s'intéresse à l'actualité, notamment à l'environnement, et ils expriment une méfiance à l'égard des réseaux. Trois quarts d'entre eux estiment que ces plateformes diffusent davantage de fausses nouvelles que les médias « classiques », parmi lesquels la télévision conserve une place importante dans leur quotidien [2]. Nous constatons que ce sont les plus âgés, paradoxalement, qui se montrent les plus vulnérables aux *fake news* : sur Facebook, les 18-29 ans partagent sept fois moins de fausses nouvelles que leurs aînés politisés. Les travaux du chercheur Julien Boyadjian montrent que plus que la désinformation, c'est le risque de non-information et l'évitement du politique qui prédominent chez certains jeunes issus des catégories socioprofessionnelles défavorisées. Cette réalité s'inscrit dans un contexte plus large où les réseaux sociaux, loin d'être de simples vecteurs d'information, prolongent et renforcent des logiques de distinction et de reproduction sociale déjà présentes dans nos pratiques informationnelles [3].

1. Gérald Bronner, « Les Lumières à l'ère du numérique », Rapport de la commission, janvier 2024.

2. A. Guess, J. Nagler et J. Tucker, « Less Than You Think: Prevalence and Predictors of Fake News Dissemination on Facebook », *Sciences Advance*, 9 janvier 2019.

3. Julien Boyadjian, « Désinformation, non-information ou sur-information ? », *Réseaux*, n° 222, 2020, p. 21-52.

Brut, Konbini, ou HugoDécrypte incarnent un nouveau genre de médias, qui redéfinit les codes de l'information. Un format visuel, incarné et accessible, perçu comme plus authentique et qui inspire la confiance des jeunes. Dans cet écosystème s'agrègent des influenceurs, qui n'ont pas la même rigueur journalistique ni la même éthique et entrent en concurrence directe avec les médias d'information. Une tendance que confirme le *Digital News Report 2024* du Reuters Institute : parmi 5 600 utilisateurs de TikTok interrogés, 57 % déclarent suivre des influenceurs pour s'informer, 43 % des « personnes ordinaires », et seulement 34 % des journalistes ou des médias [1].

L'EMI, levier d'une citoyenneté éclairée

L'idéal d'un espace public commun, fondement théorique de la démocratie, s'efface progressivement au profit d'une mosaïque d'espaces conversationnels où chaque groupe construit son récit et défend ses vérités. Que devient la délibération collective quand nous ne regardons plus les mêmes informations, ne réagissons plus aux mêmes événements et ne ressentons plus ce qui nous unit ?

1. Nic Newman, « What Do We Know About the Rise of Alternative Voices and News Influencers in Social and Video Networks ? », *Reuters Institute for the Study of Journalism*, 17 juin 2024.

Lorsqu'ils ont bénéficié d'une formation à l'éducation aux médias et à l'information, les jeunes sont 65 % à vérifier les faits, contre 42 % chez les autres [1]. D'autres recherches ont également montré que cette éducation permet de réduire la vulnérabilité face aux fausses informations en leur permettant de les identifier. Elle bénéficie plus particulièrement aux élèves des filières professionnelles [2]. Comprendre la mécanique algorithmique qui oriente notre attention, questionner le flux d'une actualité personnalisée qui façonne notre ressenti, détecter les contenus manipulés qui exploitent nos biais cognitifs [3].

En Finlande, l'éducation aux médias et à l'information est un pilier de l'apprentissage dès la maternelle. Résultat : pour la cinquième année consécutive, le pays arrive en tête du classement mondial de résistance à la désinformation, selon l'Open Society Institute.

« Nos démocraties livrent un combat décisif, par la culture et l'éducation, pour contrer l'influence des plateformes numériques. À l'ère de l'intelligence

1. Étude du ministère de la Culture, 2018.

2. Les pratiques informationnelles des jeunes des adolescents en 2023 : désinformation et vérification de l'information, Clémi.

3. *Séquence émotion. La France du ressenti*, Fondation Jean Jaurès.

artificielle, il s'agit de résister aux logiques algorithmiques pour apprendre à penser par soi-même, être des citoyens et non des sujets, ou pire, de simples objets », analyse Serge Barbet, directeur du Clémi.

Avec les agents conversationnels, on ne sait plus qui parle, et la machine répond plus vite que l'humain ne formule ses doutes. L'écart se creuse entre l'usage massif de l'IA générative par les élèves et son adoption encore limitée par les enseignants [1]. Pourtant, sans une culture critique des usages de l'IA générative et de ses biais, nos enfants resteront des consommateurs captifs d'outils aussi puissants qu'opaques. Cette éducation est un levier puissant pour leur transmettre le goût de s'informer, le plaisir de chercher, de comprendre, de tracer leur propre chemin vers le savoir.

Construire des ponts

La chercheuse Sherry Turkle nous avertit : nous attendons de plus en plus des machines parce que nous attendons de moins en moins des humains. Comment inverser cette tendance ? En multipliant les espaces qui bâtissent des ponts et rétablissent les continuités entre les mondes.

1. Violaine Morin, « L'intelligence artificielle à l'école, une révolution déjà en marche », *Le Monde*, 8 février 2025.

En tant que journaliste, François a eu la chance de participer à de nombreuses actions d'éducation aux médias dans les collèges et lycées et en tant que parent, de contribuer, à l'élaboration d'un journal scolaire. Ces rencontres avec les enfants et adolescents sont toujours enrichissantes, un moment précieux où les clichés respectifs se brisent. Dans les médias, nous avons parfois tendance à faire des raccourcis : « la jeunesse » n'est pas uniforme mais multiple et variée. Nous laissons trop souvent des experts médiatisés, des personnalités politiques ou des institutions parler à leur place au lieu de les inviter sur les plateaux. La profession gagnerait pourtant à leur tendre le micro, car l'expérience prouve qu'ils ont toujours quelque chose d'intéressant à dire et encore davantage sur leurs pratiques numériques, loin des discours simplificateurs. Les élèves entretiennent en miroir beaucoup de fantasmes à l'égard des journalistes qui seraient inféodés au pouvoir politique, forcément riches et sous influence des marques. Ils n'ont pas toujours conscience des étapes et du temps qu'exige la fabrication d'une information fiable et rigoureuse. Dévoiler les coulisses d'une pratique professionnelle est indispensable pour développer leur esprit critique. J'ai toujours considéré que dans ces moments, les journalistes ont autant à transmettre qu'à apprendre.

Coopérer, enquêter, publier : les vertus des médias scolaires

> *« Que l'on soit dans une école, un collège ou un lycée, la pratique du média scolaire fédère, permet de prendre collectivement des décisions, dans une relation non plus verticale avec les enseignants* [...] *Cela donne un sens plus fort à la présence des élèves à l'école*[1]. »
>
> Jean-Pierre Véran, formateur et auteur.

Selon une étude du Conseil de l'Europe (2022), seuls 10 % des parents créent du contenu avec leurs enfants. Ce chiffre est révélateur : dans les familles, le numérique reste majoritairement un espace de consommation individuelle, rarement pensé comme un lieu de création partagée. Or, l'accès à une véritable culture numérique citoyenne ne peut se faire sans expérimentation. On comprend mieux les médias en les pratiquant : en créant des images, des sons, du texte.

Quand les enfants sont actifs, ils apprennent mieux. L'éducation aux médias et à l'information s'inscrit dans cette dynamique : enfant de l'éducation dite nouvelle, elle mise sur une pédagogie active et

1. Djéhanne Gani, « Jean-Pierre Véran : "La pratique du média scolaire fédère" », *Le Café pédagogique*, 28 mars 2025.

vivante, « *learning by doing* ». C'est en cherchant, en enquêtant, en créant, en produisant, qu'on développe son esprit critique. Autrement dit : on apprend à comprendre les médias, les réseaux sociaux et plus largement le numérique en les pratiquant.

Depuis la fin du XIXe siècle, l'histoire de la presse lycéenne et étudiante rappelle, comme le montre Laurence Corroy, que les jeunes ont toujours cherché à prendre la parole, à s'exprimer, à exister dans l'espace public [1]. C'est dans les années 20, que l'instituteur pionnier Célestin Freinet fait entrer la presse à l'école à travers l'usage de l'imprimerie [2]. « Des "textes libres" sont choisis collectivement et imprimés par les élèves pour le journal de classe [3]. » Joris Thievenaz, chercheur en sciences de l'éducation et de la formation, rappelle que cette approche est un héritage de la philosophie du pédagogue John Dewey et explique : « C'est par l'enquête que nous apprenons. Cette démarche est loin d'être strictement individuelle. [...] C'est parce que l'école est un lieu dans lequel des enquêtes collectives peuvent être conduites que se forge dans l'école le

1. Laurence Corroy, *La Presse des lycéens et des étudiants au XIXe siècle*, Institut national de recherche pédagogique, coll. « Éducation, histoire, mémoire », 2004, p. 280.

2. Institut coopératif de l'École Moderne, Pédagogie Freinet, L'imprimerie à l'école n° 25, août 1929, Numéro spécial. https://www.icem-pedagogie-freinet.org/node/39632.

3. Célestin Freinet, Christophe Dubois, Savoirs CDI, 2011. www.reseau-canope.fr/actualites/article/vous-avez-dit-pedagogies-actives

principe même du processus démocratique. [...] Une illustration parfaite, c'est par exemple le journal de classe. Apprendre à enquêter ensemble, c'est aussi apprendre à enquêter en dehors des murs de l'école [1]. »

Participer à la création d'un média, c'est progresser sur deux fronts : d'un côté, les apprentissages fondamentaux comme la lecture, l'écriture ou l'expression orale ; de l'autre, des compétences essentielles pour vivre et penser ensemble, comme l'esprit critique, la citoyenneté ou la gestion des émotions. C'est faire l'expérience de l'enquête, du travail collectif, du débat, de l'argumentation, mais aussi de la responsabilité liée à la diffusion. C'est comprendre que chaque message s'adresse à un lecteur qui peut être surpris, blessé ou éclairé. C'est sortir de soi pour aller vers l'autre. Avoir une caméra devant soi ou un micro en main est également un incroyable accélérateur de confiance, une marque de considération et un message fort envoyé, qui consiste à dire « ton avis m'intéresse ».

À l'École, écrans à bord mais pas à la barre

La « pause numérique » se généralise dans les établissements et l'usage des smartphones est progressivement banni. Comme l'explique le chercheur en

1. https://www.canotech.fr/a/39416/john-dewey-le-concept-denquete.

sciences de l'information et de la communication Olivier Ertzscheid, aucun enseignant, aussi passionné soit-il, « quel que soit son talent et sa détermination, ne sera jamais, absolument jamais, en situation de rivaliser attentionnellement avec un objet technologique qui contient à lui seul tous les savoirs et toutes les sociabilités du monde [1] ».

Selon les dernières données PISA, il est urgent de « lutter contre la distraction » provoquée par les écrans à l'école. En 2024, l'OCDE pointe l'usage excessif des appareils numériques à des fins récréatives en classe, qui nuit aux performances scolaires [2]. Pour préserver l'attention, il s'agit d'instaurer un « pacte attentionnel », à l'échelle de la classe comme de l'établissement, en s'appuyant sur une politique éducative ambitieuse en matière de citoyenneté numérique.

« Le numérique trop souvent perçu comme un simple outil, doit faire partie intégrante du projet éducatif de l'établissement. Pour arrêter d'en subir les effets invasifs, et pour prendre en charge la manière dont il redéfinit les relations sociales et pédagogiques

1. Olivier Ertzscheid, « Les effets de Tiktok sur les mineurs. Retour sur mon audition à l'Assemblée nationale. », *affordance.info*, 4 mai 2025. https://affordance.framasoft.org/2025/05/effets-tiktok-mineurs-audition-assemblee-nationale/.

2. « Rentrée scolaire 2024 : le numérique éducatif tiraillé entre usage raisonné des écrans et appropriation de l'intelligence artificielle », societenumerique.gouv.fr.

au sein de la communauté éducative, le chef d'établissement doit en faire un objet de discussion et de concertation entre les responsables, les enseignants, les parents et les élèves », souligne Marie-Caroline Missir, directrice générale de Réseau Canopé.

Les rapports sur le bilan du numérique éducatif sont sévères. Ces constats appellent à dépasser une vision purement techniciste du numérique à l'école. Il ne suffit pas d'équiper les classes, mais de mieux articuler les outils numériques avec les pratiques pédagogiques des enseignants. Il s'agit aussi de développer des expérimentations rigoureuses pour évaluer les outils les plus efficaces [1].

En Suède, la baisse du niveau scolaire en matière de lecture a poussé les autorités à revoir leur copie après avoir tout misé sur la numérisation de l'École. Elles redonnent notamment la priorité à la lecture sur papier pour les plus jeunes. Chaque établissement ajuste sa stratégie dans un cadre décentralisé, avec l'objectif d'un manuel par élève et par matière tout au long de la scolarité. La Suède n'abandonne pas le numérique, elle en reprend le contrôle [2].

---

1. Julien Grenet, Camille Landais, « Éducation : comment mieux orienter la dépense publique », Note du CAE n° 84, (mai 2025). http://cae-eco.fr/static/pdf/cae084-education-250514.pdf.

2. Anne-Françoise Hivert, « La suède juge les écrans responsables de la baisse du niveau des élèves et veut un retour aux manuels scolaires », *Le Monde*, 21 mai 2023.

L'école, un lieu d'émancipation à l'ère amphinétique

Et si, au lieu de voir l'éducation comme une dépense, on la considérait comme un acte de soin envers notre démocratie ?

Osons imaginer un horizon désirable : un système où l'éducation aux médias et à l'information serait enseignée dès le plus jeune âge, chaque semaine, à tous les élèves. Dans le secondaire, cela implique de reconnaître le rôle incontournable des professeurs documentalistes, piliers de la formation en littératie médiatique et numérique. Cet enseignement doit aussi traverser toutes les disciplines, irriguer l'ensemble du parcours scolaire, et devenir un élément commun de la formation initiale et continue des enseignants. Cela suppose aussi de repenser le rôle des CDI (Centre de Documentation et d'Information) en tiers-lieux ouverts, vivants, accueillant des journalistes, des artistes, des chercheurs.

Et si on s'inspirait de la ville du « quart d'heure » pour promouvoir un art de vivre à l'ère amphinétique ? Ce concept urbain popularisé par l'universitaire franco-colombien Carlos Moreno est pensé pour que les besoins élémentaires de l'habitant soient accessibles dans un périmètre réduit à quinze minutes à pied, à vélo ou en transport en commun, à l'échelle régionale, la durée passe à vingt minutes. Dans ce modèle, l'École occupe une place centrale, elle est considérée comme la « capitale du quartier » pour en faire un lieu créateur de liens sociaux. Carlos Moreno cherche à provoquer un « big bang de la proximité » : « On vit dans un pays où l'école est un lieu d'apaisement qui fait vivre nos valeurs républicaines. C'est à la fois un lieu de brassage et de mixité et également un référentiel commun. Avec la ville du quart d'heure, l'école pourrait par exemple s'ouvrir le week-end et le soir pour des activités de quartier. » Le projet d'ouvrir les écoles le week-end est notamment expérimenté depuis 2021 par la Mairie de Paris où 42 cours d'écoles et de collèges sont accessibles tous les samedis pour les familles qui peuvent participer à de nombreux ateliers organisés par des associations de quartier.

Dans cette perspective, l'École cesserait d'être uniquement dominée par les notes et la compétition, mais constituerait un espace de liens et de coopérations. Dans son essai, *Éloge du Bug*, le philosophe Marcello Vitali-Rosati nous rappelle qu'en grec ancien école vient du mot *skole* qui signifie oisiveté, il s'oppose à l'*ascholia*, le temps occupé des affaires. L'oisiveté désigne ici une valeur positive, il n'est pas question de ne rien faire, mais d'accepter de ralentir, de réfléchir, soit l'inverse de ce nous promet l'industrie numérique régie par l'immédiateté et la performance. L'école comme cœur battant du quartier ou du village, renoue avec les origines de la *skole*, ce lieu où naissent les futurs possibles.

En résumé

- À l'heure des guerres informationnelles, de l'IA générative et de la surconnexion, l'éducation citoyenne aux écrans n'est pas une option, mais une condition de survie démocratique.

- Savoir s'informer est une compétence aussi vitale que savoir lire ou écrire. Cette éducation doit se construire dès le plus jeune âge et tout au long de la vie.

- La création de médias à l'École offre un espace d'expérimentation concret du processus démocratique et favorise la coopération.

- L'École ne peut pas tout. Elle doit s'appuyer sur des alliances éducatives avec les familles, les associations, les journalistes et les chercheurs.

- L'éducation aux médias et à l'information doit être systématisée et devenir un enseignement explicite dans l'emploi du temps.

Pour un art de vivre amphibien

Il y avait une promesse originelle à l'horizon de cet océan numérique : être plus libre, mieux informé et *in fine* plus éclairé. Trente ans plus tard, nous mesurons combien celle-ci n'a pas été tenue. Nous baignons dans les eaux troubles des réseaux sociaux, isolés dans nos couloirs de nage algorithmique et soumis à une disponibilité permanente. Nous n'avons jamais été autant connectés et pourtant nos liens se délitent.

Durant notre traversée, nous avons pris conscience qu'écrire un livre à quatre mains est à la fois une chance mais aussi une source de complexité. Nous avons débattu âprement du bien-fondé de l'interdiction des réseaux sociaux avant 15 ans, de l'usage du terme « addiction » pour parler de notre rapport aux écrans, de la place que l'on accorde à l'autorité et à la morale, en résonance avec ce que nous vivons, observons et ressentons au quotidien.

Nous avons exploré ce qui relève de notre responsabilité individuelle et ce qui incombe aux pouvoirs publics. Il y a eu des doutes partagés devant l'ampleur d'un sujet qui cristallise les tensions et polarise le débat médiatique, mais nous nous sommes attachés à rester les plus sincères possible. Il y a eu trop de nuits écourtées, mais souvent compensées par des lueurs merveilleuses. Il y a eu des paradoxes : des heures d'écran octroyées aux enfants – qui connaissent à présent mieux le catalogue Netflix que leurs tables de multiplication – pour pouvoir terminer un chapitre. Ce qui nous a fait tenir ? L'envie de comprendre ensemble et d'explorer nos conflits internes. Il nous a fallu sortir de nos postures, reconnaître que l'on se réfugiait parfois derrière des principes confortables. Nous avons levé les yeux, tendu nos mains, nos oreilles, partagé nos colères et nos enthousiasmes.

À l'arrivée, notre conclusion est simple. Elle nous ramène là où tout a commencé. Chez nous, entre nous et avec les autres. Ce retour au point de départ nous rappelle la leçon du best-seller de notre adolescence, le conte philosophique *L'Alchimiste* de Paulo Coelho. On y suit Santiago, un jeune berger andalou, poussé par un rêve récurrent à tout quitter en quête d'un trésor situé au pied des pyramides d'Égypte. Le voyage sera long, traversé d'épreuves, de rencontres et de doutes. Mais ce qu'il découvre en chemin, avec l'aide d'un alchimiste, c'est que le véritable trésor n'était pas ailleurs, mais déjà là : à l'endroit même d'où il était parti.

Notre réponse, nous l'avons trouvée en nous mettant en mouvement. Elle nécessite une réconciliation avec nous-mêmes et avec les autres. C'est ce fil, celui qui relie, celui qu'on ne voit pas toujours dans le tumulte, mais qui nous soutient, nous rattache et nous rappelle à l'essentiel. L'autrice Marielle Macé l'évoque à travers le mot grec ancien *philia* : « [L]e fil, le lien, le ruban qui permet d'attacher et de s'attacher : le fil qu'on tend, qu'on tient, et qui nous tient serrés les uns contre les autres, le fil sur lequel on se pose, qui s'envole, qui libère, qui retient le ballon ou qu'on lâche, le fil fragile qui peut se casser mais qu'on voudra peut-être réparer, le fil qu'on peut tresser avec un autre ou beaucoup d'autres fils… [1] »

Tisser et chérir ces liens est ce dont nous avons le plus besoin. Nourrir la conviction que ce qui nous lie est plus fort que ce qui nous sépare.

Et justement, nous avons une bonne nouvelle : ce mal-être numérique, nous le partageons. Il n'est pas individuel, honteux ou marginal. Il traverse les générations, les milieux sociaux, les genres et les modes de vie. Et ce qui est commun doit devenir politique.

La paix n'est pas un travail d'ermite, c'est une aventure humaine et collective. On ne va pas s'en sortir avec des tutos bienveillants ou en activant le mode avion entre deux visioconférences. La paix n'est pas une prouesse de développement personnel, il ne s'agit pas d'être irréprochable – *spoiler alert* : nous ne le serons jamais.

---

1. Marielle Macé, *Ô mes ami.es !*, Bayard, 2024.

Il est encore temps de remettre du « nous », de l'humain, de l'intelligence collective dans nos quotidiens. Il nous faut des politiques publiques ambitieuses. De l'éducation, de la culture, de la justice sociale et du soin. Des lieux pour penser, rire, débattre, se retrouver, qui cultivent les circuits courts de la sociabilité. Des cercles de parole, des pauses de déconnexion (sans culpabilité, promis), des moments où l'on peut dire : « J'en peux plus ». Et entendre en retour : « Moi non plus, viens, on en parle. » La boussole du P.L.A.Y. nous invite à transformer nos vulnérabilités en ressources, nos solitudes en complicités. Nous savons aussi que tout cela ne servira à rien si les plateformes continuent à foncer tête baissée dans l'exploitation de notre attention et de nos données. On ne peut pas apprendre à nos enfants à nager si, dans le même temps, les géants du numérique fabriquent des tsunamis. En somme, une paix possible doit s'articuler autour du triptyque : éducation, régulation et riposte citoyenne.

La paix est un programme qui s'éprouve dans nos manières d'être ensemble : résister aux fausses urgences de nos vies connectées et nouer des « pactes d'attention » pour remettre de la lenteur dans une temporalité saturée. Un refus, non de la connexion en tant que telle, mais de notre asservissement actuel. Questionner nos intentions, se demander systématiquement « pourquoi j'y vais ? » devrait devenir un réflexe lorsque l'on s'aventure en ligne.

Demain, les technologies seront encore plus invisibles et invasives : lunettes, oreillettes, implants.

Une hybridation entre l'humain et la machine s'installe progressivement, avec des promesses d'augmentation et de performances. Les intelligences artificielles génératives, quant à elles, brouillent nos repères : elles génèrent à la chaîne des récits et des images qui rendent la distinction entre fiction et réalité de plus en plus complexe. Et dans ce tumulte, notre corps non augmenté devient un îlot précieux de résistance et d'ancrage.

Un jour, peut-être, nous saurons évoluer comme les amphibiens. Ni fuyants ni soumis. Ni dans le rejet de la technologie ni dans la reddition silencieuse face à ses diktats.

À l'aise sur les rives du tangible comme dans les flots du virtuel. Conscients, libres d'habiter ces deux mondes sans s'y perdre. Apprenons à ralentir sans disparaître. À exister sans sacrifier l'essentiel : notre joie d'être au monde.

Remerciements

Ce livre est une magnifique aventure de couple, amicale et familiale. Nous voulons remercier toutes celles et ceux qui ont soufflé dans nos voiles, en nous donnant de leur temps et de leur force.

En premier lieu, nos mères qui ont gardé nos enfants pour limiter leur « temps d'écrans » et nous offrir ainsi de précieuses oasis d'écriture : Mouni et Mouna, merci d'être dans nos vies.

Nos premiers lecteurs, fidèles, attentifs, bienveillants, critiques et constructifs, toujours sur le pont et encore plus lorsque le bateau tanguait : Emmanuel Volland, ce livre te doit énormément tout comme Henri Saltiel, soutien éternel.

L'amitié est une ressource, des discussions à bâtons rompus, des pensées renouvelées et une confiance qui donne des ailes : Niki Aloupi, Franck Cazenave, Anne Chetcuti, Damien Macdonald, Léonie Marin,

Baptiste Massaloux, Xavier Mauduit, Ronel Ngangbet, Maya Palma, Manu Perrot, Giorgos Petrou, Julie Quaillet et David Rybojad.

À celles et ceux qui, en chemin, ont partagé leur passion, leurs expertises et leurs engagements : Anne Alombert, Justine Atlan, Pénélope Baudouin-Arkilovitch, Hubert Beroche, Jean Cattan, Juliette Clavière, Marie Danet, Arthur Delaporte, Genoveva Desplas, Axelle Dessaint, Rose-Marie Farinella, Romain Gallissot, Damien Giard, Laure Halbout, Olivier Hamant, Laure Miller, Marie-Caroline Missir, Vincent Péchaud, Nathalie Sonnac, Valentin Schmite. Le collectif Le Shift ADN, le Offline Club et La Fondation Jean Jaurès.

Un grand merci à l'équipe du Clémi national : un laboratoire d'idées où l'esprit critique s'aiguise et où l'humour trouve toujours sa place, même entre deux interventions sur les fake news. Merci à Serge Barbet pour la confiance et la liberté d'agir. Merci aux coordonnatrices et coordonnateurs du réseau académique du Clémi, qui font vivre l'éducation aux médias et à l'information toute l'année sur tout le territoire, avec ténacité, engagement et créativité. Un merci particulier à Elsie Russier, mais aussi Laure Delmoly, Isabelle Féroc-Dumez, Séverine Poncet-Ollivier, Karen Prévost-Sorbe et Stéphane Valade pour les discussions fertiles.

François remercie les équipes de France Culture, qui lui offrent chaque matin la liberté d'analyser notre « monde connecté », et à tous les invités qui sont passés en studio pour partager leurs travaux pendant les trois saisons du « Meilleur des mondes », check Juliette Devaux.

Merci à la communauté d'enseignants et de parents autour de l'école de nos fils qui forment un cercle joyeux et transformateur, un grand merci à celles et ceux qui ont participé à nos réflexions ou groupes de parole : Anaëlle, Ariane, Axelle, Balsam, Daniella, Héloïse, Elie, Emma, Julien, Hamid, Johanna, Sophie, Vittoria, Yves… À tous les adolescents rencontrés qui, loin des clichés, nous ont confié avec sincérité leur rapport complexe aux réseaux sociaux.

Enfin ce livre est né grâce à l'intuition de Sophie de Closets et de Sandrine Treiner qui a su nourrir notre flamme tout au long de cette traversée, en maintenant le cap avec lucidité et bienveillance.

À Daddy, ton parfum traverse ces pages, comme un appel à nous tenir debout et à célébrer le mouvement.

Un dernier merci aux amphibiens, ces êtres de l'entre-deux qui nous ont inspirés et nous rappellent que l'on peut habiter plusieurs mondes à la fois.

Annexes Chapitre parentalité

Quelques idées de contenus à partager, écouter ou regarder ensemble

<u>L'actualité à hauteur d'enfants et d'adolescents</u>

[Salut l'info !]

Podcast hebdomadaire conçu par *Astrapi* et Franceinfo pour expliquer l'actualité aux enfants de 7-11 ans, de manière ludique et pédagogique. Les sujets abordent aussi bien les grandes actualités que la vie quotidienne, avec la participation active des enfants qui peuvent poser leurs questions ou partager leurs blagues. https://www.franceinfo.fr/replay-radio/salut-l-info/

[JT Arte junior]

Journal télévisé qui explique l'actualité européenne et internationale aux enfants. Les sujets sont choisis à partir de questions d'enfants et présentés sous forme de reportages et de portraits, pour les 8-12 ans. https://www.arte.tv/fr/videos/RC-014082/arte-junior-le-magazine/

[1 jour, 1 question]

Programme court qui répond chaque jour à une question d'enfant sur l'actualité ou le monde, en une minute trente, avec humour. L'objectif est de les aider à construire leur propre raisonnement et à se forger une opinion à partir d'explications claires et adaptées.
https://www.1jour1actu.com/videos

[Hugo Décrypte]

Hugo Décrypte l'actualité chaque jour sur YouTube et les réseaux sociaux, en proposant des résumés clairs, rapides et pédagogiques. Il contextualise les informations, interviewe des personnalités et aide les adolescents à mieux comprendre les enjeux politiques, sociaux et écologiques.
https://www.youtube.com/@hugodecrypteactus

Pour comprendre les réseaux sociaux et l'IA

[Résotuto]

Une série de 20 tutoriels vidéo, impertinente et drôle, pour devenir un utilisateur éclairé des réseaux sociaux. Chaque épisode aborde des thèmes comme la publication, les algorithmes, les pièges, dangers et arnaques.
https://www.lumni.fr/programme/resotuto

[Dopamine]

Une série qui explique comment les applications et réseaux sociaux sont conçus pour rendre les utilisateurs accros. Chaque épisode décrypte les mécanismes psychologiques derrière des applis populaires comme Instagram, Snapchat, YouTube ou Tinder.
https://www.arte.tv/fr/videos/RC-017841/dopamine/

[3 minutes pour comprendre l'IA]

Une série de 10 courts épisodes clairs et concrets pour comprendre l'intelligence artificielle. De la naissance de l'IA à la révolution ChatGPT, des *fake news* aux promesses médicales.
https://www.roteco.ch/fr/stories/robots-et-ressources/la-web-serie-rts-3-minutes-pour-comprendre-lintelligence-artificielle/

Pour comprendre les médias et les images d'actualité

[Les Clés des médias]

Une série de courtes vidéos qui donne aux enfants les notions essentielles pour comprendre le fonctionnement des médias et décrypter l'information. Chaque épisode explique simplement des concepts comme la source, la rumeur, la liberté d'expression ou la publicité, pour développer l'esprit critique face à l'actualité.
https://www.lumni.fr/programme/les-cles-des-medias

[La Collab de l'info]

Une série où 20 journalistes et 20 YouTubeurs échangent leurs points de vue sur des sujets-clés de l'éducation aux médias et à l'information. Les vidéos abordent des thèmes variés comme le *fact-checking*, les *fake news*, le cyberharcèlement ou la représentation des femmes dans les médias, pour mieux comprendre les enjeux de l'information aujourd'hui.
https://www.lumni.fr/programme/la-collab-de-l-info

[Le Dessous des images]

Une émission qui analyse et décrypte les images d'actualité pour révéler ce qu'elles montrent vraiment et ce qu'elles peuvent cacher. Chaque épisode aide à comprendre le contexte, la construction et l'impact des images diffusées dans les médias, afin de mieux les interpréter et d'éviter les manipulations.
https://www.arte.tv/fr/videos/RC-023176/le-dessous-des-images/

Pour une vie connectée plus sereine et citoyenne

[La Famille Tout-Écran]

Une série en quatre saisons qui accompagne les familles dans la gestion du temps d'écran et les usages numériques (cyberharcèlement, images choquantes, arnaques et réseaux sociaux) en proposant des conseils pratiques et des repères pour un usage responsable.
https://www.clemi.fr/familles/videos-et-audios/la-serie-la-famille-tout-ecran

[Vinz et Lou]

Une série animée disponible sur YouTube qui sensibilise les enfants aux grands enjeux de société avec humour et pédagogie. Vinz et Lou abordent notamment la thématique du numérique pour aider les jeunes à mieux comprendre le monde qui les entoure.
https://www.youtube.com/@vinzetloutralalere

Sur la culture scientifique

[C'est pas sorcier]

Une chaîne YouTube issue du célèbre magazine télévisé de vulgarisation scientifique, animée par Fred, Jamy et Sabine, qui explique le monde avec pédagogie et humour.
https://www.youtube.com/@Cestpassorcierofficiel

[Scilabus]

Scilabus est une chaîne YouTube de vulgarisation scientifique animée par Viviane Lalande, docteure en biomécanique. Des explications et des découvertes pour éveiller la curiosité des petits et des grands.
https://www.youtube.com/c/scilabus

Pour comprendre le numérique sans écran

[Colori]

Colori propose des activités d'initiation au numérique sans écran, destinées aux enfants de 3 à 8 ans, pour les aider à comprendre le numérique de façon ludique et concrète. Ces activités gratuites sont accessibles librement aux familles, enseignants et animateurs.
https://www.free.colori.fr/

Sur l'éducation à la vie sexuelle et affective :

[Sexo Tuto]

Web-série d'éducation sexuelle destinée aux préadolescents et adolescents, qui répond sans tabou aux questions que les jeunes peuvent se poser sur la sexualité :

le consentement, la contraception, la puberté, les orientations sexuelles, les violences sexuelles… https://www.lumni.fr/programme/sexotuto

Lectures en famille

Le Numérique pas bête, Baptiste Massa et Romain Gallissot, Éditions Bayard Jeunesse, 2025

À quoi ressemblait le premier ordinateur ? Pourquoi les parents disent : « Stop, les écrans ! » ? Est-ce qu'une panne informatique pourrait tout arrêter sur Terre ? Est-ce que Google a réponse à tout ? Comment ils faisaient, mes grands-parents, pour communiquer sans téléphone portable ? Est-ce qu'il existera un jour un robot pour ranger ma chambre ? Qui invente les emojis ? Est-ce que le numérique, c'est mauvais pour la planète ? Et l'IA, est-ce qu'elle va travailler à notre place ? Des pionniers de l'informatique à l'art numérique, de la fabrication des jeux vidéo à la question de la gratuité sur Internet, ce livre fourmille d'anecdotes et d'informations pour découvrir et s'approprier tous les aspects du numérique.

Le Petit Livre pour apprendre à s'informer, Marion Joseph, illustré par Clotka, Bayard Jeunesse, 2024

Ce livre documentaire explique de manière ludique et claire ce qu'est une information, le métier de journaliste, comment repérer une *fake news* ou vérifier une image.

Ma famille déconnectée, Annick Masson, Amélie Javaux, Éditions Mijade, 2022

Cookie était le chien le plus heureux du monde… jusqu'à ce que les écrans débarquent à la maison. César, Barnabé et Anémone n'ont plus d'yeux que pour leurs tablettes, smartphones et consoles. Et les parents… c'est pas mieux, vissés tous les soirs devant leur télé ou leurs téléphones. Cookie en a assez, il décide de reconnecter toute la famille à de vraies activités, à eux-mêmes et surtout… à lui.

Les Réseaux sociaux et nos ados, Cookie Kalkair, Éditions Steinkis, 2024

Mêlant analyse et conseils pratiques, cette BD explore les aspects négatifs et positifs des réseaux sociaux : gestion du temps, estime de soi ou toxicité en ligne. Pour construire ensemble un regard critique sur nos pratiques.

Les Jeux vidéos et nos enfants, Cookie Kalkair, Éditions Steinkis, 2023

Souvent montrés du doigt, les jeux vidéo n'en sont pas moins devenus une activité ludique incontournable pour nos enfants. Avec humour et pédagogie, cette BD brise des clichés et aide les parents à trouver des solutions pour encadrer la pratique des jeunes gamers.

Stop à la manipulation !, Rose-Marie Farinella et Estelle Warin, Éditions Bayard Jeunesse, 2021

Un livre-boîte à outils pour aider à mieux comprendre l'info et ne pas se faire avoir dans la jungle des *fake-news*.

Fake news, l'info qui ne tourne pas rond, Doan Bui et Leslie Plée, Éditions Delcourt, 2021

Des climatosceptiques aux platistes, des usines à clics d'Europe de l'Est aux Illuminati, des algorithmes devenus fous à Donald Trump (propagateur n° 1 de « vérités » alternatives), les infox sont partout. De manière ludique et pédagogique, nous passons dans l'envers de leurs fabrications pour aiguiser notre esprit critique.

Internet c'est aussi la vraie vie !, Lucie Ronfaut-Hazard et Mirion Malle, Éditions La Ville Brûle, 2024

Internet, le Web et les nouvelles technologies font partie de nos vies, pour aujourd'hui et pour toujours. Ce livre aborde sans tabou les dérives des géants du Web, les biais de l'intelligence artificielle, le mal-être sur les réseaux sociaux ou les clichés sur les ados connectés.

Max et Lili, Dominique de Saint-Mars et Serge Bloch, Éditions Calligram

Les numéros : Lili se fait piéger par Internet, Lili fan d'Internet, Max et Lili sont privés d'écrans, Max et Lili ont peur des images violentes.

Des histoires ludiques et éducatives qui permettent aux enfants de s'interroger sur les situations du quotidien et de faire face aux problèmes. Des questions à la fin de chaque livre pour continuer la discussion.

Le magazine _Chut ! Explore_

Chut Explore est un magazine d'éducation au numérique pour les ados. Il propose de prendre le temps de la réflexion sur les grandes transformations liées à leur utilisation d'Internet et des réseaux sociaux, et les questions d'orientation et d'égalité des chances qu'elles impliquent.

Le magazine *Geek Junior*

Il propose chaque mois des dossiers pédagogiques, des actualités, des tutoriels et des conseils pour comprendre les usages numériques, les réseaux sociaux, l'IA, les métiers du jeu vidéo, etc.

Dans la tête de Juliette

Cette bande dessinée plonge dans le quotidien d'une ado ultraconnectée. Elle aide les enfants à réfléchir à leur rapport au smartphone sans discours moralisateur, en leur donnant des clés pour devenir des utilisateurs responsables.

(Téléchargeable gratuitement sur le site du Clémi : www.clemi.fr/familles/publications/la-bande-dessinee-dans-la-tete-de-juliette)

Les dix commandements de la Famille Tout-Écran

1. La maîtrise du temps, tu garderas.
2. Toute information, avant de relayer, tu vérifieras.
3. Avant l'école et le coucher, tu ne te connecteras pas.
4. Même caché derrière un pseudo, jamais tu n'insulteras.
5. Avant de partager une photo, toujours l'autorisation tu demanderas.
6. Pendant les repas, ton téléphone tu oublieras.
7. Un mot de passe compliqué, tu choisiras.
8. À un inconnu, ta confiance jamais tu ne donneras.
9. Ton esprit critique et créatif, chaque jour tu cultiveras.
10. Que tes actes en ligne ont des conséquences, tu comprendras.

Bibliographie

Olivier Alexandre, *La Tech. Quand la Silicon Valley refait le monde*, Seuil, 2023

Anne Alombert, *Schizophrénie numérique*, Allia, 2023

Zygmunt Bauman, *Le Présent liquide. Peurs sociales et obsession sécuritaire*, Seuil, 2007

Hubert Béroche, *Smombies, la ville à l'épreuve des écrans*, L'Aube, 2025

Philippe Bihouix et Vincent Perriot, *Ressources. Un défi pour l'humanité*, Casterman, 2024

Dominique Boullier, *Propagations. Un nouveau paradigme pour les sciences sociales*, Armand Colin, 2023

Dominique Cardon, *Culture numérique*, Presse de Sciences Po, 2019

David Chavalarias, *Toxic Data*, Flammarion, 2022

Sylvie Chokron, *Pourquoi et comment fait-on attention ?*, Le Pommier, 2009

Yves Citton, *Pour une écologie de l'attention*, Seuil, 2014

Anne Cordier et Séverine Erhel, *Les Enfants et les Écrans*, Éditions Retz, 2023

Laurence Corroy, « La presse des lycéens et des étudiants au XIXe siècle », Institut national de recherche pédagogique, 2004

Giuliano da Empoli, *Les Ingénieurs du chaos*, JC Lattès, 2019
Alain Damasio, *Scarlett et Novak*, Rageot, 2021
Alain Damasio, *Vallée du silicium*, Seuil, 2024
Marie Danet, *Écrans et Familles. Parentalité, attachement, psychologie du développement*, UGA Éditions, 2025.
Margot Déage, *À l'école des mauvaises réputations*, PUF, 2023
Cory Doctorow, *Le Rapt d'Internet*, Éditions C & F, 2025
Jacques Ellul, *La Technique ou l'Enjeu du siècle*, Éditions Economica, 2008
Cynthia Fleury et Antoine Fenoglio, *Ce qui ne peut être volé. Charte du Verstohlen*, Tracts Gallimard, 2022
Anthony Galluzzo, *Le Mythe de l'entrepreneur. Défaire l'imaginaire de la Silicon Valley*, Zones, 2024
Jacques Gonnet, *Éducation aux médias. Les controverses fécondes*, Hachette, 2001
Jonathan Haidt, *Génération anxieuse*, Les Arènes, 2025
Olivier Hamant, *Antidote au culte de la performance. La robustesse du vivant*, Tracts Gallimard, 2023
Sophie Jehel, *L'Adolescence au cœur de l'économie numérique. Travail émotionnel et risques sociaux*, INA, 2022
Béatrice Kammerer, *Nos ados sur les réseaux sociaux. Même pas peur !*, Réseau Canopé, 2023
Marshall McLuhan, *Fragment d'un village global*, Allia, 2025
Servane Mouton, *Écrans, un désastre sanitaire. Il est encore temps d'agir*, Tracts Gallimard, 2025
Nicolas Nova, *Smartphones. Une enquête anthropologique*, MétisPresses, 2020
Rémy Oudghiri, *Déconnectez-vous !*, Arléa, 2013
Thierry Paquot, *Pays de l'enfance*, Terre urbaine, 2022

Bruno Patino, *La Civilisation du poisson rouge. Petit traité sur le marché de l'attention*, Grasset, 2019

Guillaume Pitron, *L'Enfer numérique. Voyage au bout d'un like*, Les liens qui libèrent, 2021

Thibault Prévost, *Les Prophètes de l'IA*, LUX, 2024

Clément Rivière, *Leurs enfants dans la ville*, Presses universitaires de Lyon, 2021

Hartmut Rosa, *Résonance : une sociologie de la relation au monde*, La Découverte, 2018

Hartmut Rosa, *Rendre le monde indisponible*, La Découverte, 2020

Bernard Stiegler, *La Télécratie contre la démocratie*, Flammarion, 2006

Sherry Turkle, *Seuls ensemble. De plus en plus de technologies, de moins en moins de relations humaines*, L'Échappée, 2015

Fred Turner, *Aux sources de l'utopie numérique. De la contre-culture à la cyberculture, Stewart Brand, un homme d'influence*, C & F éditions, 2021

Delphine de Vigan, *Les enfants sont rois*, Gallimard, 2021

Marcello Vitali-Rosati, *Éloge du Bug*, Zones, 2024

Donald Winnicott, *La Mère suffisamment bonne* (1953), Payot, 2006

Rapport « Enfants et Écrans. À la recherche du temps perdu », avril 2024

Table

Cet ouvrage a été mis en pages par

<pixellence>

CET OUVRAGE
A ÉTÉ ACHEVÉ D'IMPRIMER
SUR ROTO-PAGE
PAR L'IMPRIMERIE FLOCH
À MAYENNE EN AOÛT 2025

Les Éditions Flammarion sont investies dans une démarche active pour l'empreinte environnementale de leurs parutions. Ainsi, le livre que vous tenez entre vos mains a été imprimé en France sur des papiers issus de forêts gérées durablement, par un imprimeur engagé dans la protection de l'environnement.

N° d'édition : 652285-0. N° d'impression : 107444
Dépôt légal : août 2025
Imprimé en France